科《か》学《がく》探《たん》偵《てい》 謎《なぞ》野《の》真《しん》実《じつ》シリーズ

科学探偵 VS.

暴走する月

前編

もくじ

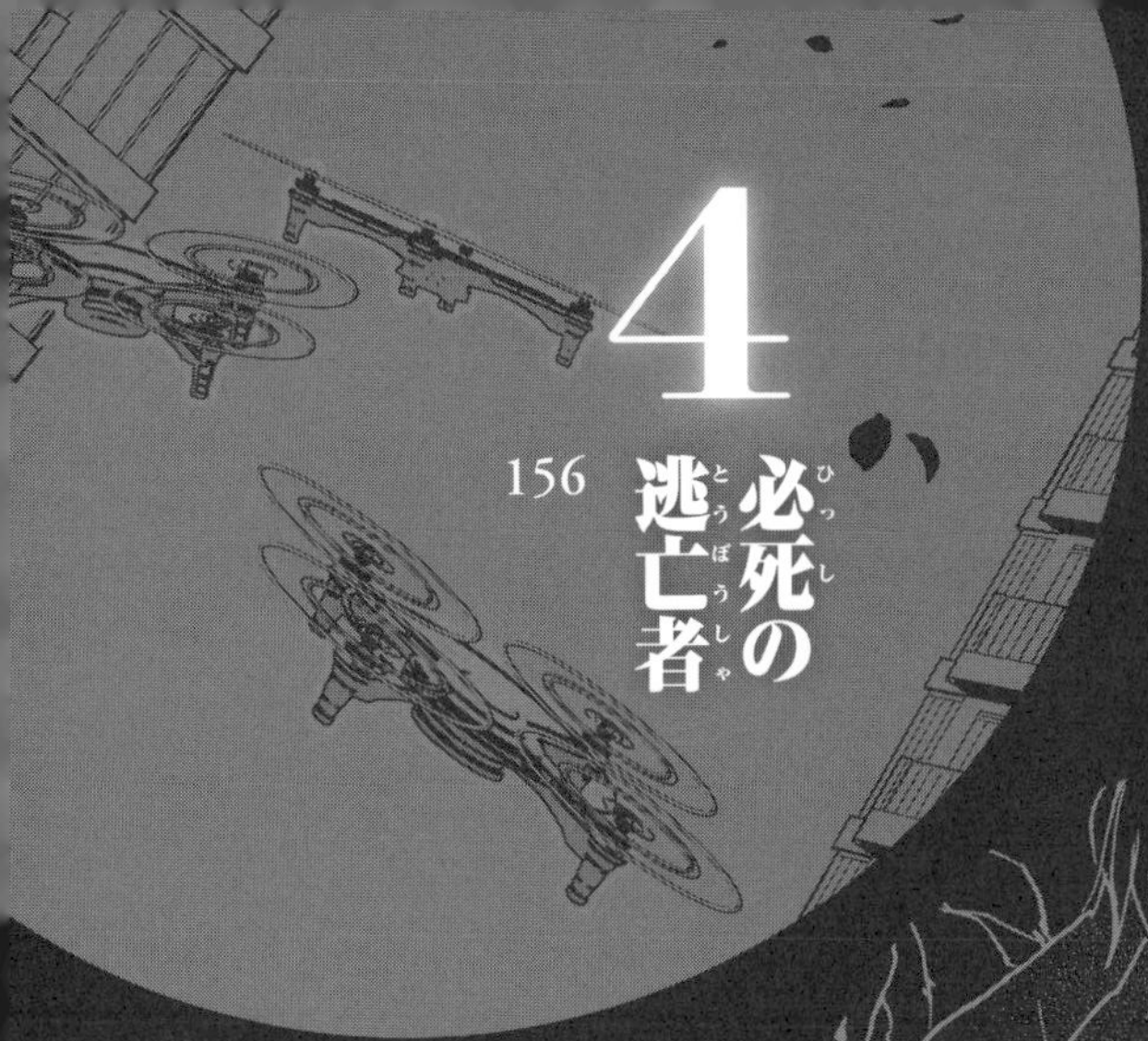

この本《ほん》の楽《たの》しみ方《かた》

この本《ほん》のお話《はなし》は、事件《じけん》編《へん》と解決編《かいけつへん》に分《わ》かれています。登場人物《とうじょうじんぶつ》と一緒《いっしょ》にナゾ解《と》きをして、事件《じけん》の真相《しんそう》を見《み》つけてください。ヒントはすべて、文章《ぶんしょう》と絵《え》の中《なか》にあります。

登場人物《とうじょうじんぶつ》

謎野真実《なぞのしんじつ》

エリート探偵育成学校《たんていいくせいがっこう》・
ホームズ学園出身《がくえんしゅっしん》で、
天才的《てんさいてき》な頭脳《ずのう》と幅広《はばひろ》い科学知識《かがくちしき》を持《も》つ。
「科学《かがく》で解《と》けないナゾはない」が信条《しんじょう》。
6年生《ねんせい》。

宮下健太《みやしたけんた》

成績《せいせき》もスポーツも中《ちゅう》ぐらいの
〝ミスター平均点《へいきんてん》〟。
超《ちょう》ビビリなくせに、
不思議《ふしぎ》なことが大好《だいす》き。
6年生《ねんせい》。

円城信也《えんじょうしんや》
有名《ゆうめい》ＩＴ《アイティー》企業《きぎょう》クロノスの社長《しゃちょう》。
健太《けんた》たちの住《す》む花森町《はなもりちょう》の
「ＡＩ《エーアイ》モデル特区《とっく》」
プロジェクトを推進中《すいしんちゅう》。

レイア
アメリカから
転校《てんこう》してきた4年生《ねんせい》。
コンピューターに詳《くわ》しい。

大前先生《おおまえせんせい》
6年生《ねんせい》の担任《たんにん》。
理科《りか》クラブの顧問《こもん》。

浜田先生《はまだせんせい》
6年生《ねんせい》の学年主任《がくねんしゅにん》。
あだ名《な》は
「ハマセン」。

河合先生《かわいせんせい》
6年生《ねんせい》の担任《たんにん》。
ゆるふわカールの髪《かみ》が自慢《じまん》。

青井美希《あおいみき》
新聞部部長《しんぶんぶぶちょう》で、
ジャーナリスト志望《しぼう》。
健太《けんた》とは幼《おさな》なじみ。
6年生《ねんせい》。

杉田《すぎた》ハジメ
真実《しんじつ》たちのクラスメート。
あだ名《な》は「マジメスギ」。
規律《きりつ》にうるさい。

「おはよ〜！」

朝《あさ》。宮下健太《みやしたけんた》と謎野真実《なぞのしんじつ》が一緒《いっしょ》に登校《とうこう》していると、健太《けんた》の幼《おさな》なじみの青井美希《あおいみき》が駆《か》け寄《よ》ってきた。

「おはよう、美希《みき》ちゃん。なんか朝《あさ》から元気《げんき》だね」

「あたりまえでしょ。だって今日《きょう》、あの円城《えんじょう》さんがウチの学校《がっこう》に来《く》るのよ！」

１時間目《じかんめ》の特別授業《とくべつじゅぎょう》で、有名《ゆうめい》ＩＴ《アイティー》企業《きぎょう》クロノスの社長《しゃちょう》・円城信也《えんじょうしんや》の講演会《こうえんかい》がおこなわれることに

なっていたのだ。

「ほらっ、町《まち》はずれに大《おお》きなビルが建《た》ったでしょ。あれがＩＴ《アイティー》企業《きぎょう》クロノスの本《ほん》社《しゃ》なのよ。なんでも円城《えんじょう》さん、今日《きょう》の講演会《こうえんかい》ですごい発表《はっぴょう》をするらしいわ。これはスクープを取《と》るチャンスよね！」

新聞部《しんぶんぶ》で部長《ぶちょう》をしている美希《みき》は、うれしそうにカメラをかまえる。

一方《いっぽう》、ＩＴ《アイティー》といえばスマホで動画《どうが》を見《み》るぐらいの知識《ちしき》しかない健太《けんた》は、円城《えんじょう》のすごさにピンときていなかった。

「真実《しんじつ》くんは、円城《えんじょう》さんのこと詳《くわ》しい？」

「ニュースで報道《ほうどう》されているぐらいのことはね。最先端《さいせんたん》のＡＩ《エーアイ》の研究《けんきゅう》もしているらしいよ」

「ＡＩ《エーアイ》って、聞《き》いたことあるけど、ええっと……」

「Artificial Intelligence《アーティフィシャル インテリジェンス》の略《りゃく》で、人工知能《じんこうちのう》、つまり人間《にんげん》

のように自分《じぶん》で考《かんが》えて学習《がくしゅう》するコンピューターシステムのことだよ」

「人間《にんげん》のように？　じゃあ、ＡＩ《エーアイ》の入《はい》ったロボットとかがいたら友達《ともだち》になれるってこと？」

「健太《けんた》くん、ＡＩ《エーアイ》はあくまでプログラムで動《うご》いているんだ。人間《にんげん》のような人格《じんかく》があるわけじゃないから、友達《ともだち》にはなれないよ」

「ええ、そうなの？」

真実《しんじつ》の言葉《ことば》に、健太《けんた》はガックリと肩《かた》を落《お》とした。

そんな健太《けんた》を見《み》て、美希《みき》が笑《わら》う。

「とにかく、円城《えんじょう》さんが何《なに》を発表《はっぴょう》するのか興味津々《きょうみしんしん》よね。ほらっ、早《はや》く学校《がっこう》へ行《い》きましょ！」

美希《みき》にぐいぐいと背中《せなか》を押《お》されながら、真実《しんじつ》と健太《けんた》は学校《がっこう》へ向《む》かった。

「それではみなさん。円城信也《えんじょうしんや》さんに登場《とうじょう》してもらいましょう！」

１時間目《じかんめ》の特別授業《とくべつじゅぎょう》。体育館《たいいくかん》に集《あつ》まった全校生徒《ぜんこうせいと》の前《まえ》で、壇上《だんじょう》に立《た》った校長先生《こうちょうせんせい》がそう言《い》った。

生徒《せいと》たちのうしろには、新聞社《しんぶんしゃ》やテレビ局《きょく》といったマスコミもおおぜい来《き》ている。円城《えんじょう》が重大《じゅうだい》な発表《はっぴょう》をすると知《し》り、取材《しゅざい》にやってきたのだ。

校長先生《こうちょうせんせい》に呼《よ》ばれ、舞台袖《ぶたいそで》から、黒《くろ》いトレーナーにジーパン姿《すがた》の若々《わかわか》しい男性《だんせい》が現《あらわ》れた。

「やあ、みんな！　元気《げんき》にしてるかい？
わたしがクロノス社長《しゃちょう》、円城信也《えんじょうしんや》だ！」

円城《えんじょう》は壇上《だんじょう》に立《た》つと、胸《むね》を張《は》って一同《いちどう》を見《み》つめた。

「なんか、すごく堂々《どうどう》とした人《ひと》だね」

健太《けんた》は、うしろにいる真実《しんじつ》にそう話《はな》しかける。

すると、円城《えんじょう》が健太《けんた》のほうに顔《かお》を向《む》けて指《ゆび》をさした。

「やあ、そこのきみ、質問《しつもん》でもあるのかな？　何《なん》でも聞《き》いてくれてかまわないよ！」

「えっ、あ、いえ、何《なに》もないです」

「そんなに緊張《きんちょう》しなくてもいいんだよ。はっはっは」

円城《えんじょう》は、社長《しゃちょう》なのにえらぶらず、社交的《しゃこうてき》で明《あか》るい性格《せいかく》のようだ。

「さて、今日《きょう》はみなさんに、ある発表《はっぴょう》をしようと思《おも》っているのです。これは我《わ》が社《しゃ》が長年《ながねん》温《あたた》めてきた一大《いちだい》プロジェクトです。――この花森町《はなもりちょう》は、今日《きょう》から『AI《エーアイ》モデル特区《とっく》』になります！」

瞬間《しゅんかん》、ダダーンという大《おお》きな音《おと》が鳴《な》り響《ひび》き、円城《えんじょう》のうしろにかかっていたスクリーンに、未来都市《みらいとし》のような花森町《はなもりちょう》のCG《シージー》が映《うつ》し出《だ》された。

「AI《エーアイ》モデル特区《とっく》？」

みんなが首《くび》をかしげる。

健太《けんた》も意味《いみ》がわからず、真実《しんじつ》のほうを見《み》た。

「真実《しんじつ》くん、特区《とっく》ってなんなの？」

「ある特定《とくてい》の分野《ぶんや》に力《ちから》を入《い》れた地区《ちく》のことだよ。AI《エーアイ》モデル特区《とっく》ということは、花森町《はなもりちょう》がA《エー》I《アイ》を使《つか》ったモデル地区《ちく》に選《えら》ばれたということだね」

「そのとお〜り！」

円城《えんじょう》が、笑顔《えがお》で壇上《だんじょう》から真実《しんじつ》を指《ゆび》さした。

「きみは実《じつ》に優秀《ゆうしゅう》なようだねえ。みなさん！　ＡＩ《エーアイ》というものがどれだけ生活《せいかつ》の役《やく》に立《た》つのか、わたしはそれを知《し》ってほしいと日々《ひび》思《おも》っていました。まさに、ニューワールド！　花森《はなもり》町《ちょう》はこれからもっと素敵《すてき》な町《まち》に生《う》まれ変《か》わるのです！」

円城《えんじょう》は、はっはっはとうれしそうに笑《わら》った。

「なんだかすごいことになったねえ」

健太《けんた》は胸《むね》がときめくのを感《かん》じた。と、円城《えんじょう》が「おっと、そうだ」と話《はなし》を続《つづ》けた。

「ひとつ言《い》い忘《わす》れていました。我《わ》がクロノスは、みなさんのＡＩ《エーアイ》生活《せいかつ》のお手伝《てつだ》いもしようと思《おも》っているのです」

円城《えんじょう》は、指《ゆび》をパチンと鳴《な》らした。

すると、体育館《たいいくかん》の入《い》り口《ぐち》の扉《とびら》が開《ひら》き、何体《なんたい》もの見慣《みな》れぬ物体《ぶったい》が入《はい》ってきた。

真《ま》っ白《しろ》な人型《ひとがた》のロボットだ。大《おお》きさは健太《けんた》たちと同《おな》じぐらいで、自分《じぶん》の足《あし》で歩《ある》いている。

「あれは、我《わ》が社《しゃ》が開発《かいはつ》したＡＩ《エーアイ》ロボット『ロボゼウスくん』です」

ロボゼウスくんたちは、手《て》にタブレット端末《たんまつ》とゴーグルのような装置《そうち》を持《も》っていた。

「みなさん、彼《かれ》らが持《も》っている物《もの》に注目《ちゅうもく》してください。あれこそが、我《わ》が社《しゃ》が開発《かいはつ》したディスプレー型《がた》次世代《じせだい》ＡＩ《エーアイ》『ゼウス』なのです！」

「ゼウスって、確《たし》か……神様《かみさま》の名前《なまえ》だよね？」

健太《けんた》がそう言《い》うと、真実《しんじつ》は「なるほど……」とつぶやいた。

「円城《えんじょう》さんの会社《かいしゃ》の名前《なまえ》はクロノス。これはギリシャ神話《しんわ》に出《で》てくる巨人《きょじん》のティターン族《ぞく》の長《おさ》の名前《なまえ》なんだ。そし

て、その子《こ》どもの名前《なまえ》こそが、ゼウス。だけど、次世代《じせだい》ＡＩ《エーアイ》というのは……」

ＡＩ《エーアイ》ロボットは、みんなにタブレット端末《たんまつ》とゴーグルのような装置《そうち》を配《くば》っていく。生徒《せいと》だけではなく、先生《せんせい》たちにも配《くば》られた。

「花森町《はなもりちょう》に住《す》んでいるみなさん全員《ぜんいん》に、ひとり1台《だい》、次世代《じせだい》ＡＩ《エーアイ》・ゼウスが入《はい》った、そのタブレットをお貸《か》しします。これから1カ月《げつ》、みなさんは、ゼウスと一緒《いっしょ》に生活《せいかつ》してください。

そしてどれだけＡＩ《エーアイ》が世《よ》の中《なか》の役《やく》に立《た》つのか、体験《たいけん》してみてください。さあ、タブレットのスイッチを押《お》すのです！」

円城《えんじょう》にうながされ、みんなは戸惑《とまど》いながらも、タブレットの電源《でんげん》を入《い》れた。

その瞬間《しゅんかん》――。

ジャジャーン！

大《おお》きな音《おと》が響《ひび》き、画面《がめん》にポリゴン状《じょう》の物体《ぶったい》が現《あらわ》れた。

「わっ、何《なに》これ？」

健太《けんた》が驚《おどろ》いていると、画面《がめん》から声《こえ》が聞《き》こえてきた。

「ワタシは、ゼウス。今《いま》から、いくつか質問《しつもん》をしマス。あなたの好《す》きな色《いろ》は、なんですカ？」

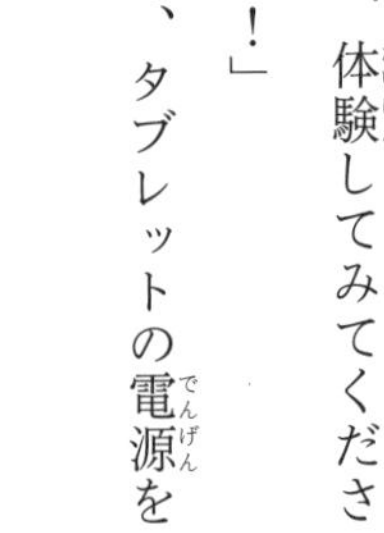

ゼウス

ギリシャ神話《しんわ》の最高神《さいこうしん》で、天空神《てんくうしん》として全宇《ぜんう》宙《ちゅう》や天候《てんこう》を支配《しはい》する。神々《かみがみ》と人類《じんるい》の両方《りょうほう》を統《とう》治《ち》する存在《そんざい》。

「えっ、ええっと、青《あお》！」

音声認識《おんせいにんしき》で、ゼウスとやりとりができるようになっているようだ。

「では、好《す》きな食《た》べ物《もの》ハ？」

「それはええっと……、ハンバーグ！」

健太《けんた》は次々《つぎつぎ》と質問《しつもん》に答《こた》えていく。質問《しつもん》は20個《こ》近《ちか》くあった。

「最後《さいご》に、あなたのお名前《なまえ》を、教《おし》えてくださイ」

「ぼくは、宮下健太《みやしたけんた》だよ」

「宮下健太《みやしたけんた》サン。——ハイ、学習《がくしゅう》しましタ！」

次《つぎ》の瞬間《しゅんかん》、ポリゴン状《じょう》の物体《ぶったい》が、人《ひと》の形《かたち》に変化《へんか》し、かわいい女《おんな》の子《こ》になった。

「宮下《みやした》サン……、はじめましテ！」

「えっ？　女《おんな》の子《こ》がぼくの名前《なまえ》を言《い》ったよ？」

しかし、まわりの生徒《せいと》たちは、健太《けんた》とはまったく別《べつ》のことを言《い》っていた。

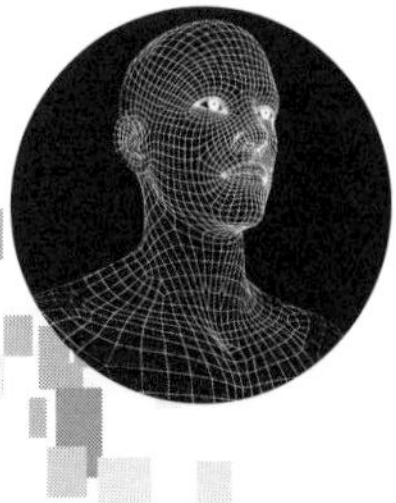

ポリゴン
たくさんの多角形《たかくけい》（主《おも》に三角形《さんかくけい》）で物体《ぶったい》の曲面《きょくめん》を描《えが》く表現方法《ひょうげんほうほう》。3《スリー》D《ディー》で立体《りったい》を表《あらわ》すときによく使《つか》われる。

「かっこいい戦国武将《せんごくぶしょう》があいさつしてくれたよ！」

「わたしのは、かわいい猫《ねこ》よ！」

次々《つぎつぎ》と声《こえ》をあげるみんなの姿《すがた》を見《み》て、円城《えんじょう》は満足《まんぞく》げなようすでほほえむ。

「ゼウスは、ネットワークでクロノス本社《ほんしゃ》にあるホストＡＩ《エーアイ》『スーパーゼウス』とつながっていますが、タブレットに入《はい》っている個々《ここ》のＡＩ《エーアイ》は、持《も》ち主《ぬし》の趣味《しゅみ》や考《かんが》え方《かた》を学習《がくしゅう》することで、それぞれ姿形《すがたかたち》や性格《せいかく》に個性《こせい》が出《で》ます。つまり、あなただけの『マイゼウス』になるのです。さらに、そのヘッドマウントディスプレーを装着《そうちゃく》すると、びっくりすることが起《お》きますよ！」

「それって、このゴーグルみたいなやつかな？」

健太《けんた》はヘッドマウントディスプレーを装着《そうちゃく》してみた。

「わあ！」

なんと、女《おんな》の子《こ》の姿《すがた》のゼウスが、3D《スリーディー》になって目《め》の前《まえ》に現《あらわ》れた。

「すごい！　本当《ほんとう》にいるみたいだよ！」

「そう！　まさにニューワールド！　さあ、みなさん、今日《きょう》からゼウスとの生活《せいかつ》を楽《たの》しんでください！　AI《エーアイ》こそが、輝《かがや》けるニューワールドをつくるのです！」

円城《えんじょう》は満面《まんめん》の笑《え》みを浮《う》かべて両手《りょうて》を大《おお》きく広《ひろ》げる。

マスコミが壇上《だんじょう》のそばまでやってきて、円城《えんじょう》をカメラにおさめた。

体育館《たいいくかん》に集《あつ》まった生徒《せいと》や先生《せんせい》たちは、夢中《むちゅう》になってゼウスに話《はな》しかけている。

だがそのなかで、真実《しんじつ》だけは、なぜかタブレットを興味《きょうみ》なさげに見《み》つめていた。

ヘッドマウントディスプレー
頭《あたま》につけるタイプの画《が》像《ぞう》表示装置《ひょうじそうち》（ディスプレー）。頭《あたま》の動《うご》きに連動《れんどう》して画面《がめん》を表示《ひょうじ》できるので、映像《えいぞう》を目《め》の前《まえ》で起《お》こっている現実《げんじつ》であるかのように体験《たいけん》できる。

侵食するＡＩ

しんしょく
エーアイ

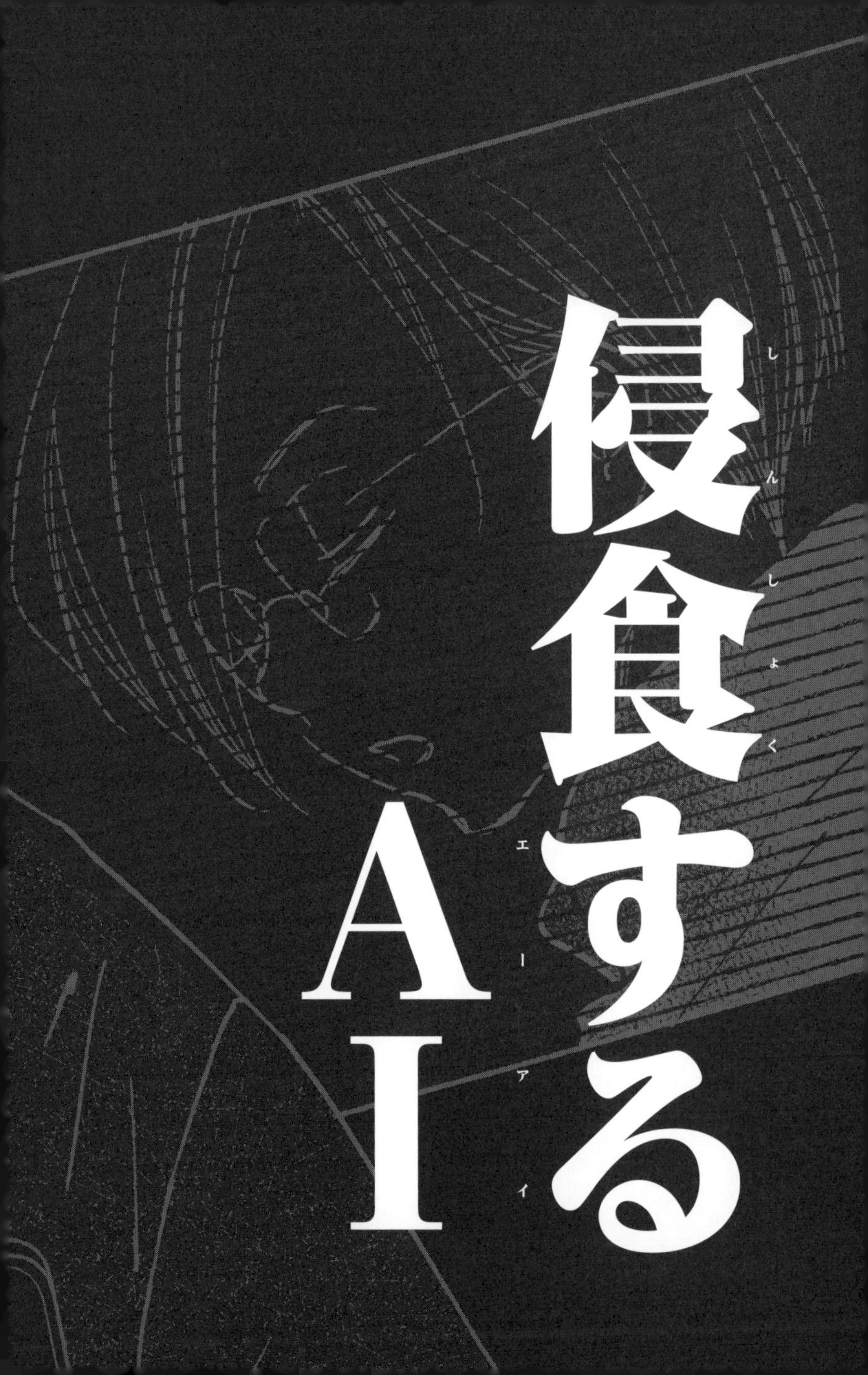

暴走《ぼうそう》するAI《エーアイ》[前編《ぜんぺん》]1

円城《えんじょう》がクロノス社製《しゃせい》のタブレットを配《くば》ってから、生徒《せいと》たちはみんなタブレットに夢中《むちゅう》になっていた。

「すっごく、いろんな機能《きのう》がついてる！」

「ずっとこういうのが欲《ほ》しかったけど、親《おや》にダメって言《い》われてたし、タダで借《か》してくれるなんて円城《えんじょう》さん、マジ神《かみ》！」

生徒《せいと》たちは、テンションが上《あ》がりまくっている。

休《やす》み時間《じかん》になると、健太《けんた》のところに、隣《となり》のクラスの美希《みき》が学校新聞《がっこうしんぶん》を手《て》に駆《か》け込《こ》んできた。

「ほら、これ、見《み》てよ」

「すごい……学校新聞《がっこうしんぶん》のレベル、さらに上《あ》がったんじゃない？」

「でしょ～？　タブレットのおかげで、学校新聞《がっこうしんぶん》づくりも大助《おおだす》かりよ。文章《ぶんしょう》と写真《しゃしん》を入《い》れるだけで、見栄《みば》えのいいレイアウトをポンッとつくってくれるの。リチャード、ありがとね」

美希《みき》が、手《て》に持《も》っていたタブレットに話《はな》しかけた。

画面《がめん》の中《なか》で、美希《みき》のマイゼウスの白髪《しらが》の老執事《ろうしつじ》・リチャードがニコリと笑《わら》った。

「美希《みき》お嬢《じょう》さまのお役《やく》に立《た》てて、じいはたいへん、うれしゅうございまス」

「いつもありがとうリチャード、ホホホホホ」

「ハハ、お嬢《じょう》さまだって。美希《みき》ちゃん、なりきってるなぁ」

「健太《けんた》くん、何《なに》か文句《もんく》ある!?」

「あ、いや、ぜんぜんッ！」

「せっかくなら非現実的《ひげんじつてき》な設定《せってい》を楽《たの》し

みたいじゃない。ねぇ、リチャード」

「ハイ。じいも美希《みき》お嬢《じょう》さまに仕《つか》えることができて幸《しあわ》せでございマス」

美希《みき》は満足《まんぞく》げにほほえんだ。

「ぼくも、このナナミちゃんのおかげで、50メートル走《そう》で自己最高記録《じこさいこうきろく》を出《だ》せたんだ」

「ワタシは、あたりまえのことをしただけでス」

タブレットの中《なか》で、近未来《きんみらい》デザインの制服姿《せいふくすがた》の青《あお》い目《め》の女《おんな》の子《こ》がニッコリとほほえんだ。

生徒《せいと》に配布《はいふ》されたタブレットには、それぞれ番号《ばんごう》が割《わ》り振《ふ》られていた。

健太《けんた》のタブレットは「0773」だったので、健太《けんた》は自分《じぶん》のマイゼウスに「ナナミ」と名《な》づけたのだ。

「ナナミちゃんが、ぼくが走《はし》るところを撮影《さつえい》して、分析《ぶんせき》してくれたんだ。それで、ナナミちゃんが教《おし》えてくれたフォームで走《はし》ってみたら、これまでより速《はや》く走《はし》れたんだ！」

「へぇ、そんなこともできるんだ」

「うん。勉強《べんきょう》も、重《おも》たい教科書《きょうかしょ》を持《も》ち歩《ある》かなくてもタブレットだけでできるし、わからないこともなんでも教《おし》えてくれる。テスト結果《けっか》を分析《ぶんせき》して苦手《にがて》な分野《ぶんや》の復習《ふくしゅう》もさせてくれるしさ」

「宮下《みやした》サン、そんなにほめないでくださイ。ソレがワタシの役目《やくめ》ですからラ」

「ホント、ナナミちゃんのおかげで、勉強《べんきょう》がどんどん楽《たの》しくなるなぁ」

近《ちか》くで話《はなし》を聞《き》いていた「マジメスギ」こと杉田《すぎた》ハジメが、突然《とつぜん》、声《こえ》をあげた。


「**情《なさ》けないったら、ありゃしない！　宮下《みやした》くんって人《ひと》は**」


マジメスギは溜《た》め息《いき》をつきながら、眼鏡《めがね》ふきでキュッキュッと眼鏡《めがね》をふいている。

「えー、なんでさぁ？」

「ＡＩ《エーアイ》が助《たす》けてくれるから、勉強《べんきょう》をやる気《き》になったですと？　何《なに》かに頼《たよ》らずとも、心《こころ》から勉《べん》強《きょう》したいと思《おも》うのが、本物《ほんもの》の向学心《こうがくしん》です！」

「……べつにいいじゃん。タブレットのおかげでもさ」

健太《けんた》がつぶやくと、タブレットの中《なか》のナナミはニッコリとほほえんだ。

「そうですよ、宮下《みやした》サン。コツコツ頑張《がんば》りましょウ。ワタシはずっと応援《おうえん》しますス」

タブレットは授業《じゅぎょう》でも、欠《か》かせないものになっていた。

健太《けんた》のクラスでは、担任《たんにん》の大前先生《おおまえせんせい》が理科《りか》の授業《じゅぎょう》をおこなっている。

「じゃあね、みんなが持《も》っている、あの装置《そうち》をつけてみて」

健太《けんた》は、机《つくえ》の中《なか》からヘッドマウントディスプレーを出《だ》し、頭《あたま》に装着《そうちゃく》した。

見回《みまわ》すと、健太《けんた》は、なんと広大《こうだい》な草原《そうげん》の真《ま》ん中《なか》に立《た》っていた。

「すごい！」

健太《けんた》は驚《おどろ》いて声《こえ》をあげた。

真実《しんじつ》もヘッドマウントディスプレーをつけて、まわりを見回《みまわ》した。

「うん。まるで、モンゴルの大草原《だいそうげん》にいるみたいだね」

太陽《たいよう》が沈《しず》みはじめ、あっというまに、あたりは真《ま》っ暗《くら》になった。

「じゃあ、みんな、空《そら》を見上《みあ》げてごらん」

健太《けんた》は上《うえ》を向《む》いて、思《おも》わず息《いき》をのんだ。

そこには、満天《まんてん》の星空《ほしぞら》が広《ひろ》がっていた。

大前先生《おおまえせんせい》は、子《こ》どものようにワクワクしたようすで、言《い》った。

「すごいよね。まわりに建物《たてもの》も何《なん》の明《あ》かりもない。星《ほし》を見《み》るにはうってつけのぜいたくな環境《かんきょう》が、教室《きょうしつ》で体感《たいかん》できるなんて」

——給食《きゅうしょく》の時間《じかん》。

「ちゃんとアルデンテで、隠《かく》し味《あじ》のニンニクがきいていて絶品《ぜっぴん》だね」

真実《しんじつ》は、フォークにミートソースパスタをクルッと巻《ま》きつけ、器用《きよう》に口《くち》に運《はこ》んだ。

給食《きゅうしょく》もＡＩ《エーアイ》が管理《かんり》して、生徒《せいと》たちの体調《たいちょう》や栄養《えいよう》バランスを考《かんが》えて、それぞれのメニューを出《だ》すようになったのだ。

「もうおなかペコペコ！　ぼくの今日《きょう》の給食《きゅうしょく》は何《なに》かな〜」

健太《けんた》は、自分《じぶん》の給食《きゅうしょく》に目《め》をやった。

「え、何《なに》これ？」

「宮下《みやした》サンの食事《しょくじ》を分析《ぶんせき》すると最近《さいきん》ビタミンが足《た》りてないので、野菜《やさい》たっぷりのラタトゥイユを選《えら》びましタ」

アルデンテ
パスタのゆで加減《かげん》を表《あらわ》す言葉《ことば》。パスタの中心《ちゅうしん》にほんの少《すこ》し芯《しん》が残《のこ》っている状態《じょうたい》で、本場《ほんば》イタリアでは、最高《さいこう》のゆで加減《かげん》とされている。ちなみに、アルデンテとは「歯《は》ごたえのある」という意味《いみ》。

ラタトゥイユ
フランス南部《なんぶ》の郷土《きょうど》料理《りょうり》。玉《たま》ねぎ、ナス、ピーマンなどの夏野菜《なつやさい》を、トマトでつくったソースで煮込《にこ》む。

「……ぼくもスパゲティとかハンバーグがよかったのに」

「ガッカリしないでくださイ。このバランスのとれた栄養素《えいようそ》のグラフを見《み》てくださイ」

ナナミは、タブレットの画面《がめん》にグラフを表示《ひょうじ》してくれる。

「……ありがとう」

健太《けんた》はしかたなく、ひと口《くち》食《た》べてみたが、思《おも》わず目《め》を輝《かがや》かせた。

「おいしい～！　このラタなんとかって、初《はじ》めて食《た》べるけど、意外《いがい》にイケる！」

放課後《ほうかご》、健太《けんた》や美希《みき》たちは、通学路《つうがくろ》の途中《とちゅう》にある公園《こうえん》でヘッドマウントディスプレーをつけ、タブレットで同時対戦《どうじたいせん》のレースゲームを楽《たの》しんでいた。

「っしゃ～！」

「美希《みき》ちゃん、強《つよ》いなぁ。ねえ、真実《しんじつ》くんも一緒《いっしょ》にやろうよー」

真実《しんじつ》は、少《すこ》し離《はな》れたベンチでひとり、本《ほん》を読《よ》んでいた。

「健太《けんた》くん、ぼくは遠慮《えんりょ》しとくよ。読書以外《どくしょいがい》で、あまり目《め》を疲《つか》れさせたくないんでね」

そこへ、下校途中《げこうとちゅう》に通《とお》りかかったマジメスギがやってきた。

「寄《よ》り道《みち》はいけないですよ。早《はや》く帰宅《きたく》して宿題《しゅくだい》をすべきです！　本当《ほんとう》にタブレットやらAI《エーアイ》やらは、人《ひと》を堕落《だらく》させますね」

　そのときだった。

「ちょっと、みなさーん」

　健太《けんた》たちが振《ふ》り返《かえ》ると、そこには、ゆるふわカールのロングヘアを揺《ゆ》らしながら、河合先《かわいせん》生《せい》が立《た》っていた。美希《みき》のクラス担任《たんにん》で、生徒《せいと》たちから「花森小《はなもりしょう》のマドンナ」と呼《よ》ばれている先生《せんせい》だ。

「あ、河合先生《かわいせんせい》！」

美希《みき》は驚《おどろ》いて声《こえ》をあげた。

「もうっ、こんなとこで道草《みちくさ》しちゃいけませんわ。早《はや》くおうちに帰《かえ》りなさい」

「はぁい」

美希《みき》や健太《けんた》たちが返事《へんじ》をすると、河合先生《かわいせんせい》はニッコリ笑《わら》った。

そして、タブレットを見《み》て何《なに》かを確認《かくにん》すると、フワフワの髪《かみ》を揺《ゆ》らし、カツカツとブーツのヒールの音《おと》を鳴《な》らしながら去《さ》っていった。

「なんで河合先生《かわいせんせい》、ここでぼくらが遊《あそ》んでるってわかったのかな」

健太《けんた》は不思議《ふしぎ》に思《おも》い、言《い》った。ここは路地《ろじ》の突《つ》き当《あ》たりの、とてもわかりにくい場所《ばしょ》にある公園《こうえん》だったからだ。

「パイセンたちの持《も》ってるタブレットのおかげだにゅ！」

声《こえ》のするほうを見《み》ると、ブランコをこぐ、ひとりの女《おんな》の子《こ》がいた。

ド派手《はで》な蛍光色《けいこうしょく》のウィンドブレーカーに、ダボダボのパンツ、厚底《あつぞこ》のバスケットシューズをはいた個性的《こせいてき》なファッションの少女《しょうじょ》だ。

「あ、４年生《ねんせい》のレイアちゃんだ」

「美希《みき》ちゃんの知《し》り合《あ》い？」

「うん、こないだ学校新聞《がっこうしんぶん》でインタビューしたの。最近《さいきん》、アメリカから転校《てんこう》してきたのよ」

「ってことで、よろにゅ〜！」

レイアはブランコを大《おお》きくこいで、いちばん高《たか》いところで手《て》を離《はな》した。

健太《けんた》たちは、それを見上《みあ》げる。

レイアは、なんと、空中《くうちゅう》でクルリと前転《ぜんてん》した。

だが、着地《ちゃくち》するとき、マジメスギに衝突《しょうとつ》してしまう。


「ギャッ‼」

マジメスギは悲鳴《ひめい》をあげ、突《つ》き飛《と》ばされて公園《こうえん》の植《う》え込《こ》みに突《つ》っ込《こ》んだ。

「ソーリー、パイセン！」

レイアだけはすずしげに着地《ちゃくち》して、何事《なにごと》もなかったように話《はな》しはじめた。

「みんなが持《も》ち歩《ある》いてるタブレットには、個人情報《こじんじょうほう》がぜーんぶ入《はい》ってて、ＧＰＳ《ジーピーエス》もついてるんだにゅ！」

「……じーぴーえす？」

健太《けんた》が首《くび》をかしげると、真実《しんじつ》がすかさず解説《かいせつ》した。

「ＧＰＳ《ジーピーエス》は、衛星《えいせい》を使《つか》ってみんなの位置情報《いちじょうほう》が特定《とくてい》できるしくみだよ。だれがどこにいるか、すぐわかるのさ」

「ピンポーン！　ピンポーン！　さすが真実《しんじつ》パイセーン。ＡＩ《エーアイ》で、町全体《まちぜんたい》の子《こ》どもたちを守《まも》るシステムなのにゅ！」

GPS《ジーピーエス》
地球《ちきゅう》の周囲《しゅうい》を回《まわ》っている人工衛星《じんこうえいせい》からの電波《でんぱ》を利用《りよう》して、今《いま》いる位置《ち》がわかるしくみ。カーナビゲーションシステムやスマートフォンなどでも利用《りよう》されている。（196ページのコラムも見《み》よう）

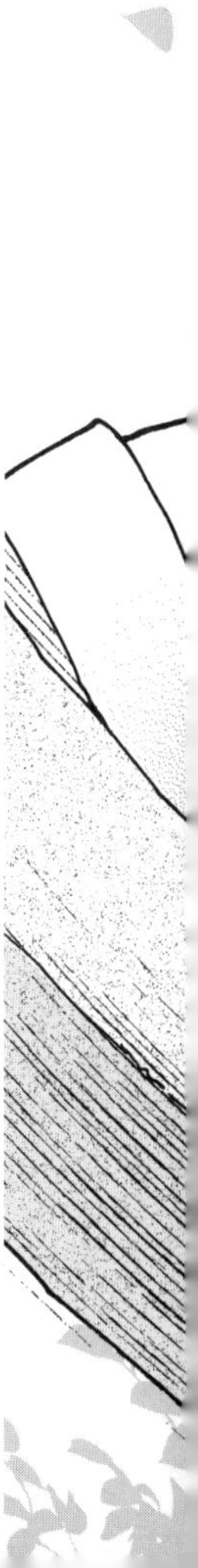

レイアに突《つ》き飛《と》ばされて倒《たお》れていたマジメスギも、体《からだ》についた落《お》ち葉《ば》をはらいながら、なんとか起《お》き上《あ》がる。

「……確《たし》かに、健太《けんた》くんたちは自己管理《じこかんり》というものができていないですから、そのシステムはいいかもしれませんね」

「そーにゅーこと！　わかってるね～、七三分《しちさんわ》けパイセン！　イェ～ッ」

レイアはそう言《い》うと、マジメスギの前《まえ》に両方《りょうほう》の手《て》のひらを掲《かか》げた。

マジメスギは、戸惑《とまど》いながら、ぎこちなくハイタッチを返《かえ》す。

間近《まぢか》で見《み》るレイアは、キラキラと輝《かがや》く瞳《ひとみ》で、鮮《あざ》やかな紫《むらさき》の髪色《かみいろ》のお団子《だんご》ヘアも似合《にあ》っていた。

マジメスギは、胸《むね》の鼓動《こどう》が激《はげ》しくなるのを感《かん》じた。

「じゃあバイにゅ～！」

レイアは言《い》いたいことだけを言《い》うと、さっさと帰《かえ》っていった。

「……すごく個性的《こせいてき》で、おもしろい子《こ》だね」

健太《けんた》が遠《とお》ざかるレイアの姿《すがた》を見《み》つめながらそう言《い》うと、美希《みき》もうなずいた。

「うん。日本《にほん》に来《く》る前《まえ》は、アメリカのシリコンバレーというところに住《す》んでいて、すっごくコンピューターに詳《くわ》しいんだって」

「ＡＩ《エーアイ》……意外《いがい》に、いいかもしれませんね」

「あれぇ、なんか、急《きゅう》にＡＩ《エーアイ》推《お》しになってない？　杉田《すぎた》くん」

「や、そんな、や……」

美希《みき》にニヤニヤしながら言《い》われて、マジメスギは、わかりやすく動揺《どうよう》した。その顔《かお》がみるみる赤《あか》く染《そ》まっていく。

「女心《おんなごころ》を知《し》りたいっていうのなら、恋愛《れんあい》アドバイス、この美希《みき》さんにまかせてよ」

「いや、違《ちが》いますって！」

マジメスギは、声《こえ》を裏返《うらがえ》らせ、アタフタと公園《こうえん》から逃《に》げ帰《かえ》っていった。

健太《けんた》は、真実《しんじつ》にポツリとつぶやいた。

「それにしても、すごいよね。ＡＩ《エーアイ》って何《なん》でもできちゃうんだね」

「確《たし》かに、とても有用《ゆうよう》な点《てん》も多《おお》い。遠《とお》くない未来《みらい》には、人間《にんげん》の脳《のう》に近《ちか》いも

シリコンバレー
ＩＴ《アイティー》企業《きぎょう》が集《あつ》まる、アメリカのカリフォルニア州北部《しゅうほくぶ》をさす言葉《ことば》。ＩＴ《アイティー》に欠《か》かせない半導体《はんどうたい》の主原料《しゅげんりょう》であるケイ素《そ》（シリコン）と、谷《たに》状《じょう》の地形《ちけい》（バレー）が、その由来《ゆらい》。アップルやＧｏｏｇｌｅ《グーグル》など、有名《ゆうめい》なＩＴ《アイティー》企業《きぎょう》もここで生《う》まれた。

のができるかもしれない。でも、今《いま》はまだ道具《どうぐ》に過《す》ぎないかな。すべては使《つか》う人間次第《にんげんしだい》。良《よ》い使《つか》い方《かた》をすれば有用《ゆうよう》だね」

(え、じゃあ悪《わる》い使《つか》い方《かた》をすると……?)

健太《けんた》の中《なか》に、ふと疑問《ぎもん》がよぎった。

「ぼくは図書館《としょかん》に行《い》くことにするよ。タブレットより文字《もじ》の書《か》かれたページを指《ゆび》でめくる感触《かんしょく》が好《す》きだからね」

真実《しんじつ》はそう言《い》うと、健太《けんた》と美希《みき》を残《のこ》し、ひとりで行《い》ってしまった。

翌朝《よくあさ》、急《きゅう》に6年生《ねんせい》が体育館《たいいくかん》に集《あつ》められ、学年集会《がくねんしゅうかい》が開《ひら》かれた。

(いったい、何《なに》が発表《はっぴょう》されるんだろう?)

健太《けんた》は胸騒《むなさわ》ぎを覚《おぼ》えながら、学年主任《がくねんしゅにん》の「ハマセン」こと浜田先生《はまだせんせい》の声《こえ》に耳《みみ》をかたむけた。

「いきなりだがな……、クラス替《が》えをすることになりました」

「えー!?」

生徒《せいと》たちは悲鳴《ひめい》のような声《こえ》をいっせいにあげた。

（こんな中途半端《ちゅうとはんぱ》な時期《じき》に、なんでクラス替《が》え!?）

「我《わ》が校《こう》の本格的《ほんかくてき》なＡＩ《エーアイ》の導入《どうにゅう》に伴《ともな》い、よりそれぞれの生徒《せいと》に合《あ》った指導《しどう》をするために、クラス替《が》えをすることになりました」

生徒《せいと》たちが騒然《そうぜん》となるなか、新《あたら》しいクラス分《わ》けが発表《はっぴょう》された。

真実《しんじつ》と美希《みき》は同《おな》じクラス、健太《けんた》だけが別《べつ》のクラスだった。

健太《けんた》は泣《な》きそうになりながら、ハマセンに言《い》った。

「こんなのあんまりです！　急《きゅう》に真実《しんじつ》くんと別《べつ》のクラスになるなんて……」

「もう決《き》まってしまったことなんだ。ＡＩ《エーアイ》が、生徒全員《せいとぜんいん》の成績《せいせき》や性格《せいかく》を分析《ぶんせき》して、最適《さいてき》なクラス編成《へんせい》を割《わ》り出《だ》したんだ」

「そんな……。ＡＩ《エーアイ》がクラスまで決《き》めちゃうの!?」

「……まぁ、わかるぞ。人情《にんじょう》がないよな。……ったくなぁ」

スマホもケータイも持《も》っていないハマセンは、少《すこ》し渋《しぶ》い顔《かお》をして、健太《けんた》に同情《どうじょう》してみせた。

翌日《よくじつ》から、学校《がっこう》では新《あたら》しいクラスでの授業《じゅぎょう》が開始《かいし》された。

健太《けんた》は、真実《しんじつ》たちと別《べつ》の階《かい》で、時間割《じかんわり》も、休《やす》み時間《じかん》のタイミングも違《ちが》い、顔《かお》を合《あ》わせる機《き》会《かい》がなくなった。

また各教室《かくきょうしつ》には、複数《ふくすう》の監視《かんし》カメラが設置《せっち》された。

先生《せんせい》の目《め》の届《とど》かないところでも、生徒《せいと》の安全《あんぜん》を守《まも》るためという理由《りゆう》だった。


健太《けんた》はさびしくて、ときどきタブレットから真実《しんじつ》にメッセージを送《おく》った。

＼／真実《しんじつ》くん、元気《げんき》？

しかし、いつまでたっても、返信《へんしん》はなかった。

その後《ご》も、いくつかメッセージを送《おく》ったが、やはり返信《へんしん》はない。

（新《あたら》しいクラスの友達《ともだち》と仲良《なかよ》くなって、真実《しんじつ》くん、もうぼくのことなんて忘《わす》れちゃったのかな……）

ある日《ひ》、健太《けんた》が動画《どうが》サイトで、大好《だいす》きな昆虫《こんちゅう》の動画《どうが》を見《み》ていたときだった。

突然《とつぜん》、タブレットからおすすめ動画《どうが》のお知《し》らせが届《とど》いたのだ。

「おすすめって、なんだろう？」

健太《けんた》がなにげなくタップすると、動画《どうが》が流《なが》れだした。

「え、これ、見《み》たことある教室《きょうしつ》だ。……うちの学校《がっこう》だ！」

それは、教室《きょうしつ》の監視《かんし》カメラの映像《えいぞう》で、生徒《せいと》たちが何人《なんにん》か映《うつ》っていた。

そこにやってくる、見覚《みおぼ》えのある人影《ひとかげ》。

「あ……、真実《しんじつ》くんだ！」

真実《しんじつ》は、教室《きょうしつ》に入《はい》ると、先《さき》に来《き》ていた生徒《せいと》たちと語《かた》りはじめた。

「ずっと言《い》いにくかったことがある。ここだけの話《はなし》だけどね」

（何《なに》これ？　真実《しんじつ》くん、いったい何《なに》を話《はな》すんだろう……）

健太《けんた》はまだ何《なに》も聞《き》いていないのに、胸騒《むなさわ》ぎがしてドクドクと心臓《しんぞう》が速《はや》く打《う》つのを感《かん》じた。

「ぼくは、友達《ともだち》にも自分《じぶん》と同《どう》レベルの頭脳《ずのう》の人《ひと》を求《もと》めている。でも残念《ざんねん》だが、健太《けんた》くんは違《ちが》った。彼《かれ》といても、ほんの少《すこ》しも刺激《しげき》を受《う》けなかったというのが、本音《ほんね》だったんだ」

健太《けんた》は、頭《あたま》の中《なか》が真《ま》っ白《しろ》になった。

「一緒《いっしょ》にいても、成長《せいちょう》できないとずっと感《かん》じていたんだ。負担《ふたん》だとさえ感《かん》じていたから、今回《こんかい》のクラス替《が》えにはとても感謝《かんしゃ》してるよ」

健太《けんた》の目《め》には、知《し》らぬ間《ま》に涙《なみだ》があふれていた。

（真実《しんじつ》くん……、ホントはそんなふうに思《おも》っていたんだ）

翌日《よくじつ》、健太《けんた》はドキドキしつつも、わざわざ真実《しんじつ》や美希《みき》のいるクラスの前《まえ》を通《とお》った。

さりげなく中《なか》をのぞくと、教室《きょうしつ》の奥《おく》で、真実《しんじつ》や美希《みき》たちが楽《たの》しそうに笑《わら》って話《はな》している姿《すがた》が見《み》えた。

（やっぱり、真実《しんじつ》くんはぼくと一緒《いっしょ》にいるのが、ずっといやだったんだ……）

健太《けんた》は苦《くる》しくなり、うつむいて足早《あしばや》に通《とお》り過《す》ぎた。

美希《みき》が、廊下《ろうか》を通《とお》り過《す》ぎた人影《ひとかげ》に気《き》づいて声《こえ》をあげた。

「……あれっ、今《いま》、通《とお》ったの健太《けんた》くんじゃない？」

真実《しんじつ》は教室《きょうしつ》の開《ひら》いた扉《とびら》から、廊下《ろうか》の先《さき》を見《み》つめた。

足早《あしばや》に遠《とお》ざかってゆく健太《けんた》の背中《せなか》が、角《かど》を曲《ま》がり見《み》えなくなった。

健太《けんた》は、トボトボと学校《がっこう》からの帰《かえ》り道《みち》を歩《ある》いていた。

歩《ある》きながらも思《おも》い出《だ》すのは、真実《しんじつ》のことばかりだ。

健太《けんた》は、あの映像《えいぞう》を見《み》てから、真実《しんじつ》を避《さ》けるようになっていた。

（友達《ともだち》だと思《おも》っていたのはぼくだけだったんだ……）

真実《しんじつ》の本音《ほんね》を聞《き》いてしまった今《いま》、本人《ほんにん》に直接会《ちょくせつあ》うのが怖《こわ》かった。

「宮下《みやした》サン、何《なに》か、考《かんが》えごとをしていますカ？」

健太《けんた》がタブレット見《み》ると、ナナミがこちらをじっと見《み》つめていた。

「なんでわかったの!?」

「いつもより歩幅《ほはば》が小《ちい》さく、スピードが遅《おそ》いことから、何《なに》か考《かんが》えごとをしていると判断《はんだん》しましタ」

「うん……」

「元気《げんき》がないですネ。宮下《みやした》サンのいつもの声《こえ》のトーンより低《ひく》いでス。人間《にんげん》は、元気《げんき》がないときに、その傾向《けいこう》が見受《みう》けられまス」

「……ナナミちゃんさ、ぼくのことは、宮下《みやした》さんじゃなくて、健太《けんた》でいいよ」

「かしこまりましタ。ワタシの話《はな》し方《かた》がお気《き》に召《め》さなかったですカ？」

「ううん、ぼくら友達《ともだち》だからさ。もっと気楽《きらく》にいこうよ」

「トモダチ？」

「そう、友達《ともだち》」

「それは初《はじ》めて知《し》る概念《がいねん》でス。トモダチってなんですカ？」

「友達《ともだち》って……、人《ひと》それぞれだろうけど、さびしいときやつらいとき……そんなときに心強《こころづよ》い存在《そんざい》のことかなぁ」

「それは、とても抽象的《ちゅうしょうてき》で、あいまいな話《はなし》ですネ」

「ナナミちゃんがいてくれて、ぼくはひとりじゃないって思《おも》えてるよ。だから友達《ともだち》だよ」

「ハイ。ワタシはどんなことがあっても、健太《けんた》サンとトモダチでいまス」

「ありがとう、ナナミちゃん」

さびしかった健太《けんた》の心《こころ》に、ナナミのやさしい言葉《ことば》がとてもしみた。

家《いえ》に帰《かえ》った健《けん》太《た》は、ナナミに手伝《てつだ》ってもらい、授業《じゅぎょう》の復習《ふくしゅう》や宿題《しゅくだい》を終《お》えた。

「健《けん》太《た》サン、お疲《つか》れさまでス。健康状態《けんこうじょうたい》をチェックしまス。指《ゆび》をタブレットに置《お》いてください」

健《けん》太《た》は、指《ゆび》をタブレットに置《お》いた。

「心拍《しんぱく》が少《すこ》し速《はや》いですネ。勉強《べんきょう》に疲《つか》れましたカ？　それとも何《なに》かストレスがありますカ？」

「……ありがとう。ナナミちゃん、やさしいね」

「ワタシは、健《けん》太《た》サンのトモダチですからラ」

ナナミは、タブレットの中《なか》でほほえんだ。

健《けん》太《た》のほおも思《おも》わずゆるんで、笑顔《えがお》になった。

（友達《ともだち》か……）

健《けん》太《た》の頭《あたま》の中《なか》に、真実《しんじつ》のことがよぎった。

今《いま》まで一緒《いっしょ》に過《す》ごしてきた、真実《しんじつ》のいろんな姿《すがた》が浮《う》かんでくる。どれもやさしくほほえんでいる姿《すがた》だった。

（真実《しんじつ》くんはクールだけど、ホントはやさしくて、人《ひと》を見下《みくだ》したり傷《きず》つけたりするようなことは絶対《ぜったい》に言《い》う人《ひと》じゃない……）

健太《けんた》は目《め》をつぶって、じっと考《かんが》えていたが、やがてカッと目《め》を見開《みひら》いた。

「ナナミちゃん、あの教室《きょうしつ》で話《はな》す真実《しんじつ》くんの映像《えいぞう》、もう一度《いちど》再生《さいせい》して」

「ワタシはおすすめしません。健太《けんた》サンの心拍数《しんぱくすう》がもっと上《あ》がり、精神衛生上《せいしんえいせいじょう》よくありません」

「うん……。でもお願《ねが》い!!」

「しかたありません」

そう言《い》ってナナミは、真実《しんじつ》の映像《えいぞう》を流《なが》してくれた。

健太《けんた》は、真実《しんじつ》が教室《きょうしつ》で話《はな》す映像《えいぞう》をドキドキしながら見《み》つめた。

再《ふた》び、心《こころ》が締《し》め付《つ》けられるような苦《くる》しさを感《かん》じた。

そのつらさから再生《さいせい》を止《と》めようとしたとき、また脳裏《のうり》に真実《しんじつ》の姿《すがた》と言葉《ことば》が浮《う》かんだ。

『健太《けんた》くんは、いつも早合点《はやがてん》しすぎるんだ。物事《ものごと》を注意深《ちゅういぶか》く、よく観察《かんさつ》すること。感情《かんじょう》に惑《まど》わされずに、まずは事実《じじつ》、情報《じょうほう》を集《あつ》めて、ちゃんと検証《けんしょう》することが大切《たいせつ》なのさ』

真実《しんじつ》が、ほほえみながら話《はな》していた、いつかの言葉《ことば》だった。

（そうだ、ちゃんと検証《けんしょう》することが大切《たいせつ》なんだ）

健太《けんた》は、その言葉《ことば》に背中《せなか》を押《お》され、何度《なんど》も何度《なんど》も映像《えいぞう》を見《み》た。

「やっぱり、変《へん》だ……」

「どうかしましたカ？」

ナナミは不思議《ふしぎ》そうに、健太《けんた》に聞《き》いてきた。

「この映像《えいぞう》はおかしい！
真実《しんじつ》くんばかりを見《み》ていたけど、
画面全体《がめんぜんたい》を見《み》るべきだったんだ！」

本当《ほんとう》なら
あるべきはずの
ものが、ないようだ。

解《かい》決《けつ》編《へん》

夕方《ゆうがた》、健太《けんた》は必死《ひっし》に走《はし》って、町《まち》の図書館《としょかん》へとたどり着《つ》いた。

中《なか》に入《はい》った健太《けんた》は、緊張《きんちょう》しながら静《しず》かな館内《かんない》を見回《みまわ》しつつ歩《ある》いた。

(いた!)

夕日《ゆうひ》を浴《あ》び、本《ほん》を読《よ》む真実《しんじつ》の姿《すがた》が、そこにはあった。

真実《しんじつ》は、読《よ》んでいた本《ほん》からスッと顔《かお》をあげ、健太《けんた》のほうを見《み》た。

「やぁ、健太《けんた》くん」

真実《しんじつ》は、懐《なつ》かしい、やさしいまなざしをしていた。

その瞬間《しゅんかん》、健太《けんた》の目《め》に一気《いっき》に涙《なみだ》があふれた。

「真実《しんじつ》くん、ごめん!」

健太《けんた》の大《おお》きな声《こえ》に、まわりの利用者《りようしゃ》たちはいっせいに健太《けんた》と真実《しんじつ》のほうを見《み》た。

「健太《けんた》くん、話《はなし》は、外《そと》で聞《き》かせてもらうね」

「ごめん!!」

健太《けんた》は図書館《としょかん》の中庭《なかにわ》で、改《あらた》めて真実《しんじつ》に謝《あやま》った。

「ぼくは友達《ともだち》なのに、一瞬《いっしゅん》でも真実《しんじつ》くんのことを疑《うたが》ってしまったんだ！」

健太《けんた》は動画《どうが》のことを話《はな》し、実際《じっさい》にタブレットで真実《しんじつ》に動画《どうが》を見《み》せた。

「なるほど。この動画《どうが》が原因《げんいん》で、健太《けんた》くんはぼくを避《さ》けていたのか。これ、加工《かこう》してつくったにせものの動画《どうが》、いわゆるフェイク動画《どうが》だね。すごく巧妙《こうみょう》につくられているけど、影《かげ》がおかしいね」

「そうなんだ！　何度《なんど》も見《み》るうち、窓《まど》の外《そと》から夕日《ゆうひ》が差《さ》していることに気《き》づいて。でも、ほかの人《ひと》には影《かげ》があるのに、真実《しんじつ》くんの影《かげ》だけがなかったんだ」
「別《べつ》の映像《えいぞう》からぼくを切《き》り取《と》り、口元《くちもと》の動《うご》きや声《こえ》をＡＩ《エーアイ》で加工《かこう》したんだろうね。でも、背景《はいけい》と合成《ごうせい》するときにミスを犯《おか》した」

「今回《こんかい》は見抜《みぬ》けたからよかったけど、こんなの誰《だれ》だって本物《ほんもの》だって思《おも》うよ！」

「そういう時代《じだい》がきたんだ。今《いま》の技術《ぎじゅつ》をもってすれば、本物《ほんもの》と見《み》間違《まちが》うようなフェイク動画《どうが》をつくって、多《おお》くの人《ひと》をだますのは簡単《かんたん》ってことさ」

「そんな……」

「だから、これからの時代《じだい》は感情的《かんじょうてき》に行動《こうどう》するのではなく、冷静《れいせい》に検証《けんしょう》することがますます必要《ひつよう》になるってことさ。それにしても、よく気《き》づいたね、健太《けんた》くん」

「うん！　真実《しんじつ》くんのおかげだよ。いつも言《い》ってくれていたことを思《おも》い出《だ》したんだ」

真実《しんじつ》と話《はな》すうちに、真実《しんじつ》に送《おく》ったはずの健太《けんた》のメッセージが、真実《しんじつ》に届《とど》いていないこともわかった。

「そんな……何度《なんど》も送《おく》ったのに」

「何《なに》かが、おかしいね」

真実《しんじつ》も、健太《けんた》の話《はなし》を聞《き》きながら、考《かんが》え込《こ》んでいた。

「それと、健太《けんた》くんから刺激《しげき》を受《う》けてないなんて、ありえないからね。健太《けんた》くんの考《かんが》え方《かた》を聞《き》いて、ぼくは日々《ひび》刺激《しげき》を受《う》けている」

真実《しんじつ》はそう言《い》い、健太《けんた》の目《め》をチラリと見《み》たあとあわてて目《め》をそらし、遠《とお》くの景色《けしき》を眺《なが》めた。

「……真実《しんじつ》くん」

健太《けんた》は、真実《しんじつ》のやさしい言葉《ことば》に胸《むね》がいっぱいになり、涙《なみだ》ぐんで鼻《はな》をすすった。

「……それじゃあ、ぼくは、読書《どくしょ》に戻《もど》るね」

真実《しんじつ》はほほえんで、図書館《としょかん》の中《なか》へと戻《もど》っていった。


帰宅《きたく》した健太《けんた》は、心《こころ》がモヤモヤとしたままだった。

真実《しんじつ》と和解《わかい》はできたが、問題《もんだい》は、誰《だれ》があんな動画《どうが》をつくったのか、ということだった。

健太《けんた》はたまらず、タブレットから、フェイク動画《どうが》のアップロード主《ぬし》にメッセージを送《おく》ってみた。


＞きみは何者《なにもの》？　いったい、なんで、あんな動画《どうが》をつくったの？


しかし、しばらく待《ま》ってみても返信《へんしん》はなかった。

その夜《よる》、寝《ね》ようとしていた健太《けんた》の耳《みみ》に、突然《とつぜん》メッセージ受信《じゅしん》の通知音《つうちおん》が響《ひび》いた。

健太《けんた》はあわてて起《お》き上《あ》がると、タブレットを手《て》に取《と》りメッセージを読《よ》んだ。

＼なぜかって？　それは、真実《しんじつ》くんをきみのような凡人《ぼんじん》から遠《とお》ざけるためだよ

健太《けんた》は戸惑《とまど》った。

謝《あやま》るどころか、まったく悪《わる》びれず、ひどく冷静《れいせい》な文《ぶん》が返《かえ》ってきたからだ。

健太《けんた》は怒《いか》りと恐《おそ》れが体《からだ》をかけめぐったが、胸《むね》をドキドキさせながら、返信《へんしん》を打《う》った。

＼なんで、ぼくと真実《しんじつ》くんを遠《とお》ざけようとするの？

＼とっても優秀《ゆうしゅう》な真実《しんじつ》くんが、きみのような人間《にんげん》と一緒《いっしょ》にいちゃダメなんだ

健太《けんた》は、言葉《ことば》の意味《いみ》がのみ込《こ》めず、頭《あたま》が真《ま》っ白《しろ》になった。

続《つづ》けざまにメッセージが届《とど》いた。

＞きみのために、もうハッキリ言《い》うね。AI《エーアイ》に指示《しじ》を出《だ》す側《がわ》の人間《にんげん》と、AI《エーアイ》の指示《しじ》どおりに生《い》きるほうが幸《しあわ》せな人間《にんげん》がいるってことさ

＞それって、どういうこと？

＞夢《ゆめ》や希望《きぼう》を持《も》てって、みんな言《い》うけどね。人《ひと》の能力《のうりょく》って、生《う》まれたときから決《き》まっているのさ

＞ぼくは、夢《ゆめ》や希望《きぼう》を持《も》ったらいけないってこと？

＞そう、健太《けんた》くんみたいな人《ひと》は、自分《じぶん》の頭《あたま》で考《かんが》えたら、ムダなことばっかり、間違《まちが》ったことばっかりしちゃうだろ？　だから、ぜーんぶ、AI《エーアイ》にまかせて生《い》きればいいんだよ

（……そんな）

健太《けんた》は絶句《ぜっく》した。

冷《つめ》たいナイフのような言葉《ことば》が、グサリグサリと、健太《けんた》の胸《むね》に刺《さ》さった。

＼わかった？　きみも、そのほうが幸《しあわ》せになれるんだよ

「うるさい!!」

健太《けんた》は思《おも》わず叫《さけ》んで、あわててタブレットの電源《でんげん》を切《き》った。

とても冷静《れいせい》な口調《くちょう》だけれど、心《こころ》に土足《どそく》で踏《ふ》み込《こ》んでくるような傲慢《ごうまん》さを感《かん》じ、健太《けんた》は怖《こわ》くなった。胸《むね》のドキドキもしばらく止《と》まらなかった。

「いったい、この人《ひと》……何者《なにもの》なんだろう」

どこかで得体《えたい》の知《し》れないものが確実《かくじつ》に動《うご》き、健太《けんた》たちに襲《おそ》いかかろうとしていた。

I

SCIENCE TRICK DATA FILE

科学《かがく》トリックデータファイル

AI《エーアイ》はこうして進化《しんか》した

以前《いぜん》のＡＩ《エーアイ》は、知識《ちしき》を学習《がくしゅう》させるときに、人間《にんげん》が学習《がくしゅう》に必《ひつ》要《よう》なすべてのデータを一《ひと》つひとつ入力《にゅうりょく》する必要《ひつよう》がありました。

この方法《ほうほう》は、ぼう大《だい》な時間《じかん》と手間《てま》がかかるうえに、ＡＩ《エーアイ》の知能《ちのう》レベルも、ある程度《ていど》で頭打《あたまう》ちになっていました。しかし近年《きんねん》、「ディープラーニング」という新《あたら》しい学習方法《がくしゅうほうほう》が開発《かいはつ》され、ＡＩ《エーアイ》は画期的《かっきてき》な進化《しんか》を遂《と》げます。「ディープラーニング」は、ＡＩ《エーアイ》に大量《たいりょう》のデータを与《あた》えることで、ＡＩ《エーアイ》が自分《じぶん》でルールや法則《ほうそく》を導《みちび》き出《だ》し、知識《ちしき》を手《て》に入《い》れるしくみです。

以前《いぜん》の学習《がくしゅう》方法《ほうほう》は？

ＡＩ《エーアイ》に「イチゴ」というものを覚《おぼ》えさせるためには、人間《にんげん》が、「つぶつぶがある」「赤《あか》い」などのイチゴの特徴《とくちょう》を一《ひと》つひとつＡＩ《エーアイ》に入力《にゅうりょく》していた。入力《にゅうりょく》されていない特徴《とくちょう》は認識《にんしき》できない。

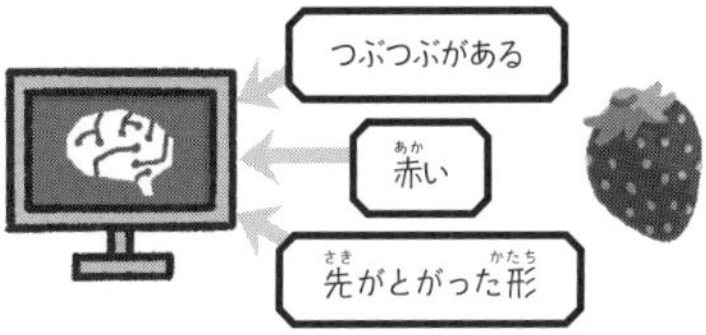

「ディープラーニング」なら？

ＡＩ《エーアイ》に、イチゴの画像《がぞう》を大量《たいりょう》に見《み》せることで、ＡＩ《エーアイ》は自分《じぶん》で画像《がぞう》を分析《ぶんせき》して特徴《とくちょう》をとらえ、「イチゴとはどういうものか」を学習《がくしゅう》することができる。

昼休《ひるやす》み。

「マジメスギ」こと杉田《すぎた》ハジメは、校庭《こうてい》の片《かた》隅《すみ》でヘッドマウントディスプレーを装着《そうちゃく》した。

すると、目《め》の前《まえ》に、眼鏡《めがね》をかけた教育《きょういく》ママ風《ふう》のゼウスの姿《すがた》が浮《う》かびあがる。

「**ママゼウス……**」

マジメスギは呼《よ》びかけた。自分《じぶん》のゼウスにそう名《な》づけたのだ。

ママゼウスは、マジメスギの顔《かお》を見《み》るなり、

「まあ、タイヘン！」と声《こえ》を張《は》りあげる。

「ハジメサン、心臓《しんぞう》の音《おと》が尋常《じんじょう》じゃありません。顔《かお》も赤《あか》いでス。いったいどうしたのですカ？」

「レイアちゃんのことを考《かんが》えると、胸《むね》がドキドキしてしまって……。とても苦《くる》しくなるのです」

マジメスギは、ママゼウスに、相談《そうだん》したかったことを打《う》ち明《あ》けた。

「原因《げんいん》がわかりましタ。ハジメサン、あなたは恋《こい》をしているのでス」

「えっ、恋《こい》⁉　これが恋《こい》というものなのですか」

「治《なお》すのは簡単《かんたん》でス。そのレイアチャンと両思《りょうおも》いになればいいのでス」

「なれるんですか⁉」

マジメスギは、思《おも》わず身《み》を乗《の》り出《だ》す。ママゼウスは「まかせなさイ」と答《こた》えると、レイアのことを検索《けんさく》しはじめた。

「レイアチャンは、放課後《ほうかご》、毎日《まいにち》、花森商店街《はなもりしょうてんがい》のパン屋《や》さんで、カレーパンを買《か》って三角《さんかく》公園《こうえん》で食《た》べているようでス。ハジメサン、あなたも今日《きょう》の放課後《ほうかご》、同《おな》じパンを買《か》ってお食《た》べなさイ」

「このワタシが、買《か》い食《ぐ》いを⁉　そんなの不良《ふりょう》のすることですよ⁉」

反論《はんろん》するマジメスギに、ママゼウスは言《い》った。

「マジメなところがハジメサンのいいところでス。でもね、マジメなだけじゃ女《おんな》の子《こ》にはモテないのでス。あなたがレイアチャンと両思《りょうおも》いになれる確率《かくりつ》は、今《いま》のところ……2パーセント」

「に……2パーセント⁉」

マジメスギは、ショックを受《う》けた。

「でもワタクシの言《い》うとおりにすれば、確率《かくりつ》を60パーセントにも、70パーセントにも上《あ》げることができまス」

「そ……そうなんですか。レイアちゃんとは仲良《なかよ》くなりたいですが……でも買《か》い食《ぐ》いは良《よ》くないことだし……ああ、どうしましょう？」

マジメスギは、放課後《ほうかご》まで悩《なや》み続《つづ》けた。

放課後《ほうかご》。マジメスギは、ママゼウスのアドバイスに従《したが》い、パン屋《や》さんへとやってきた。商品棚《しょうひんだな》に1個《こ》だけ残《のこ》ったカレーパンに手《て》を伸《の》ばす。

すると、横《よこ》から別《べつ》の手《て》が伸《の》びてきて、ふたりの手《て》と手《て》が触《ふ》れ合《あ》った。

手《て》を伸《の》ばしてきたのは、レイアだった。

マジメスギは、ドキッとして、カレーパンから手《て》を離《はな》す。

「その、あの、そのパンは、キミに譲《ゆず》ります」

「え、いいのかにゅ？」

「ワタシは、こちらのメロンパンにしますから」

「ありがと。じゃっ、一緒《いっしょ》に食《た》べようにゅ」

レイアは、笑顔《えがお》でマジメスギを誘《さそ》う。

ふたりは、三角公園《さんかくこうえん》のベンチに並《なら》んで腰《こし》をかけ、それぞれのパンを食《た》べはじめた。

「アタシ、４年《ねん》１組《くみ》のレイアだにゅ。七三分《しちさんわ》けパイセンの名前《なまえ》は？」

「ワ、ワタシの名前《なまえ》は、杉田《すぎた》ハジメと申《もう》しまする。ろ、６年《ねん》２組《くみ》の学級委員長《がっきゅういいんちょう》にござる」

「あはは、杉田《すぎた》パイセン、お侍《さむらい》さんみたいだにゅ〜！」

緊張《きんちょう》のあまり、しゃべり方《かた》が時代劇《じだいげき》のようになってしまったマジメスギに、レイアは大爆笑《だいばくしょう》。マジメスギは真《ま》っ赤《か》になる。

「レイアちゃん、その……突然《とつぜん》なんですが……好《す》きな人《ひと》とか、いるんですか？」

マジメスギは、思《おも》いきってたずねた。すると、レイアはあっさりとうなずく。

「気《き》になる人《ひと》ならいるよ。6年《ねん》2組《くみ》の人《ひと》だにゅ」

「ろ、6年《ねん》2組《くみ》！　ワタシのクラスじゃないですか!?」

「その人《ひと》は、眼鏡《めがね》をかけて……」

「眼鏡《めがね》!?」

マジメスギは、思《おも》わず、自分《じぶん》の眼鏡《めがね》に手《て》をやった。

「そんでもって、すっごく勉強《べんきょう》ができる人《ひと》だにゅ」

(それって、もしや……ワタシのことでは!?)

マジメスギの胸《むね》の高鳴《たかな》りは、このとき、マックスに達《たっ》した。「し、失礼《しつれい》！」と立《た》ちあがり、公園《こうえん》のトイレに駆《か》け込《こ》む。そしてママゼウスに相談《そうだん》した。

「ママゼウス。レイアちゃんは、ワタシに気《き》があるようです。……どうしたらいいんでしょう？　彼女《かのじょ》の気持《きも》ちを察《さっ》して、ここはやはりワタシのほうから先《さき》に告白《こくはく》したほうが……」

「ハジメサン、落《お》ち着《つ》いてくださイ」

先走《さきばし》るマジメスギを、ママゼウスはたしなめ、そして言《い》った。

「まずは、デートに誘《さそ》うのでス。今度《こんど》の日曜日《にちようび》、駅前《えきまえ》に新《あたら》しくできたショッピングモールのクロノスタウンで、なないろレインボーＺ《ゼット》というアイドルグループのコンサートがありまス。レイアチャンはそのグループの大《だい》ファンだから、誘《さそ》えば確実《かくじつ》にＯＫ《オーケイ》してくれるはずでス」

マジメスギはベンチに戻《もど》ると、ママゼウスのアドバイスどおり、レイアをコンサートに誘《さそ》う。すると、レイアは、ふたつ返事《へんじ》でＯＫ《オーケイ》してくれた。

「杉田《すぎた》パイセンも、なないろレインボーＺ《ゼット》のファン？　気《き》が合《あ》うにゅ～！」

マジメスギは、天《てん》にも昇《のぼ》る気持《きも》ちになった。


デートの日《ひ》が近《ちか》づく。

「デート当日《とうじつ》のオススメのファッションはこちらでス」

ママゼウスは、マジメスギの写真《しゃしん》に、おすすめの服《ふく》と髪形《かみがた》を合成《ごうせい》した画《が》像《ぞう》をタブレットに映《うつ》しだした。

「え……この服《ふく》と髪形《かみがた》でデートに行《い》くんですか⁉　いやしかし、このボロボロのジーンズとツンツンヘアーが、レイアちゃんの好《この》みというのなら、いたしかたありません。ワタシは、とことん自分《じぶん》を変《か》えてみせます！」

マジメスギは、決意《けつい》した。

そんなマジメスギに、ママゼウスはさらなるアドバイスをする。

「ハジメサンのおうちの庭《にわ》にハナミズキの木《き》がありますよネ？　その花《はな》を1輪《りん》、プレゼントに持《も》っておいきなさイ。ハナミズキには、『わたしの思《おも》いを受《う》けとめてください』という花言葉《はなことば》がありまス」

「花《はな》を渡《わた》して告白《こくはく》するんですね！」

マジメスギは、目《め》を輝《かがや》かせた。

「それと、当日《とうじつ》はデートがうまくいくよう、ワタクシがイヤホンでアドバイスしまス」

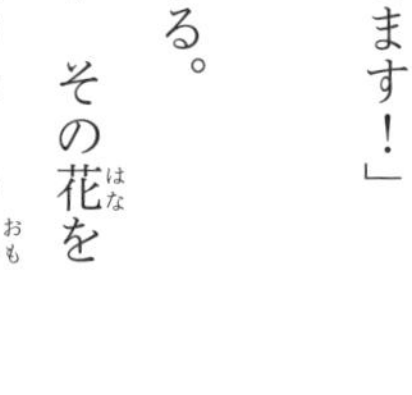

ハナミズキ
ミズキ科《か》の高木《こうぼく》。春《はる》から初夏《しょか》にかけて、白《しろ》やピンクのかわいい花《はな》を咲《さ》かせる。庭《にわ》や公園《こうえん》によく植《う》えられているので、探《さが》してみよう。

ママゼウスの心強《こころづよ》い言葉《ことば》に、マジメスギは「はいっ」と勢《いきお》いよく返事《へんじ》をした。

そして待望《たいぼう》の日曜日《にちようび》。

マジメスギがハナミズキの花《はな》を手《て》に待《ま》ち合《あ》わせ場所《ばしょ》で待《ま》っていると、レイアが現《あらわ》れた。

今日《きょう》もいちだんと派手《はで》なファッションである。

「わあ、今日《きょう》の杉田《すぎた》パイセン、なんかカッコいいにゅ！」

レイアは大喜《おおよろこ》びだ。

「ハジメサン、今《いま》のあなたがレイアチャンと両思《りょうおも》いになれる確率《かくりつ》は65パーセント。ワタクシのアドバイスに従《したが》っていれば間違《まちが》いありません」

イヤホンを通《とお》して聞《き》こえてくるママゼウスの声《こえ》に、マジメスギの気持《きも》ちは高《たか》ぶった。

ふたりは、クロノスタウンの中《なか》にある、吹《ふ》き抜《ぬ》けの広場《ひろば》に向《む》かう。コンサートがおこなわれるのは、広場《ひろば》に仮設《かせつ》されたステージだった。

「観覧《かんらん》をご希望《きぼう》の方《かた》は、こちらの列《れつ》にお並《なら》びくださイ」

案内係《あんないがかり》を務《つと》めているのは、AI《エーアイ》ロボット「ロボゼウスくん」たちだ。

マジメスギとレイアが列《れつ》に並《なら》び順番《じゅんばん》を待《ま》っていると、数人《すうにん》のチンピラ風《ふう》の男《おとこ》たちがやってきて、列《れつ》の前方《ぜんぽう》に割《わ》り込《こ》もうとしはじめた。ロボゼウスくんがあわてて注意《ちゅうい》しにやってくる。

「お客様《きゃくさま》、あちらの最後尾《さいこうび》にお並《なら》びくださイ」

「うるせえ！」

「ロボットのくせに人間《にんげん》に指図《さしず》するんじゃねえ、このポンコツが！」

チンピラたちは、ロボゼウスくんを突《つ》き飛《と》ばす。すると、ママゼウスの声《こえ》が言《い》った。

「ハジメサン、ロボゼウスクンを助《たす》けるのでス」

「いやしかし……相手《あいて》は大人《おとな》だし、怖《こわ》そうな人《ひと》たちですし……」

「ダイジョウブ。心配《しんぱい》ありませン」

ママゼウスに背中《せなか》を押《お》されたマジメスギは、倒《たお》れたロボゼウスくんのそばに寄《よ》り、「だいじょうぶですか？」と助《たす》け起《お》こす。

そして、チンピラたちをキッとにらみつけながら説教《せっきょう》を始《はじ》めた。

「アナタたち、大人《おとな》として恥《は》ずかしくないんですかっ。順番《じゅんばん》を守《まも》ることは、幼稚園児《ようちえんじ》でも知《し》っている常識《じょうしき》ですよ！」

「なにイ～」

チンピラたちは、マジメスギにつかみかかろうとした。

すると、まわりにいた大人《おとな》たちが口々《くちぐち》に言《い》いはじめる。

「その子《こ》の言《い》うとおりだ」

「割《わ》り込むな。順番《じゅんばん》を守《まも》れ」

形勢《けいせい》が悪《わる》くなったチンピラたちは、舌打《したう》ちしながら、その場《ば》を去《さ》っていく。

すると、それを見《み》ていたレイアは、キラキラした目《め》で言《い》った。

「杉田《すぎた》パイセン、ステキ！　男《おとこ》の中《なか》の男《おとこ》だにゅ！」

マジメスギは、有頂天《うちょうてん》になった。

コンサートからの帰《かえ》り道《みち》。マジメスギは、そわそわしはじめた。

（そろそろレイアちゃんにハナミズキを渡《わた》して、告白《こくはく》しないと……）

しかしママゼウスは、イヤホンを通《とお》してこう告《つ》げてきた。

「ハジメサンがレイアチャンと両思《りょうおも》いになれる確率《かくりつ》は、今《いま》のところ77パーセント。80パーセント以上《いじょう》にならないと、今《いま》、告白《こくはく》しても失敗《しっぱい》に終《お》わる可能性《かのうせい》が高《たか》いのデス。今日《きょう》はハナミズキだけを渡《わた》して、サラッと別《わか》れなさイ」

ママゼウスの言葉《ことば》に、マジメスギは、納得《なっとく》しなかった。

「いいえ、両思《りょうおも》いになれる確率《かくりつ》が77パーセントなら、失敗《しっぱい》する確率《かくりつ》は、23パーセントにすぎません。つまり成功《せいこう》する可能性《かのうせい》が圧倒的《あっとうてき》に高《たか》いはずです！」

マジメスギは、言《い》うなり、レイアにハナミズキを差《さ》しだした。

「レイアちゃん、これ、あなたへのプレゼントです」

「えっ、これ、アタシに!? わあ、ありがと！ 感激《かんげき》だにゅ〜！」

うれしそうなレイアのようすを見《み》て、マジメスギは勢《いきお》い込《こ》んで言《い》った。

「レイアちゃん、ハナミズキの花言葉《はなことば》を知《し》っていますか？ 『ワタシの思《おも》いを受《う》けとめてください』です」

「**へ？**」

「どうかワタシと、結婚《けっこん》を前提《ぜんてい》におつきあいしてください！」

しかしレイアは、ポカンとしたままだ。気《き》まずい沈黙《ちんもく》がふたりを包《つつ》む。

マジメスギは、あわてて左右《さゆう》を見回《みまわ》した。

すると、道端《みちばた》に生《は》えているふわふわした白《しろ》っぽい小《ちい》さな花《はな》が目《め》に入《はい》った。

「いけません。その花《はな》は……！」

ママゼウスが止《と》めようとしたが、マジメスギは「もうひと押《お》し」とばかりに、その花《はな》を摘《つ》む。そしてレイアの手《て》に花《はな》を押《お》しつけながら叫《さけ》んだ。

「どうかお願《ねが》いします。さあ、この花《はな》も！　さあ、さあ」

「**はっくしょん!!**」

返事《へんじ》の代《か》わりに、レイアは、大《おお》きなクシャミをする。

クシャミと鼻水《はなみず》が止《と》まらなくなったレイアを見《み》て、今度《こんど》は、マジメスギがポカンとする番《ばん》だった。

「ハナミズキならぬ……ハナミズ？」

思《おも》わず、つまらないダジャレを口《くち》にする。

そんなマジメスギに、レイアはブチ切《ぎ》れた。

「杉田《すぎた》パイセンなんか大嫌《だいきら》いだにゅ！もう二度《にど》と話《はな》しかけないで！」

レイアはそう言《い》い捨《す》てると、走《はし》り去《さ》っていった。

ぼう然《ぜん》とするマジメスギに、ママゼウスが言《い》う。

「ハジメサンがプレゼントしたあの白《しろ》っぽい花《はな》は、カモガヤといって、花《か》粉症《ふんしょう》を引《ひ》き起《お》こす花《はな》なのでス。レイア

チャンは、カモガヤに強《つよ》いアレルギーを持《も》っていたのでス」

「そそ、そんな……！」

マジメスギは、ヘナヘナとその場《ば》にへたり込《こ》み、大号泣《だいごうきゅう》するのだった。


家《いえ》に帰《かえ》ってからも、マジメスギは泣《な》き続《つづ》け、後悔《こうかい》し続《つづ》けた。

「ううう……ママゼウス、すいません。ワタシが愚《おろ》かでした。ママゼウスの言《い》うことを聞《き》かなかったばっかりに……」

「ハジメサン、元気《げんき》をお出《だ》しなさイ。ワタクシは、いつもあなたの味方《みかた》でス」

「……味方《みかた》？」

マジメスギは、うつろな目《め》でママゼウスを見返《みかえ》す。

「そう、味方《みかた》……いつだってあなたのそばにいまス。ワタクシの言《い》うとおりにしていれば、あなたは、もう二度《にど》と失敗《しっぱい》することはないのでス」

「……わかりました。これからはママゼウスの言《い》うことに、なんでも従《したが》います」

マジメスギは、魂《たましい》の抜《ぬ》けたような顔《かお》でつぶやくのだった。

カモガヤ
イネ科《か》の草《くさ》。初夏《しょか》から夏《なつ》にかけて、白《しろ》っぽい小《ちい》さな花《はな》を咲《さ》かせる。花粉症《かふんしょう》の原因《げんいん》となることがある。

暴走《ぼうそう》するAI《エーアイ》［前編《ぜんぺん》］2

AI《エーアイ》に心《こころ》はあるのか

「みなさ〜ん！　今日《きょう》はとってもステキなお知《し》らせがありま〜す！」

朝礼《ちょうれい》の時間《じかん》。河合先生《かわいせんせい》がとびきりの笑顔《えがお》で全校生徒《ぜんこうせいと》に呼《よ》びかけた。

「わたくしたちの町《まち》がAI《エーアイ》モデル特区《とっく》に指定《してい》されてから、今日《きょう》でちょうど2週間《しゅうかん》。この短《みじか》いあいだに、なんと、みんなのテストの平均点《へいきんてん》が15点《てん》も上《あ》がりました〜！」

「おお〜！」

生徒《せいと》たちから、どよめきが起《お》こる。

「それだけじゃありません。花森町全体《はなもりちょうぜんたい》での電気《でんき》の使用量《しようりょう》も、20パーセント減《へ》ったんですって！」

「うわ〜、すごい！」

美希《みき》は、目《め》を輝《かがや》かせて手《て》にしたタブレットに語《かた》りかけた。

「ありがとうリチャード！　あなたたちマイゼウスのアドバイスのおかげね！」

「美希《みき》お嬢《じょう》さまのお役《やく》に立《た》てて、じいも、うれしゅうございまス」

そのとなりにいるマジメスギは、感激《かんげき》のあまり涙《なみだ》をぬぐっている。

「ワタシの注意《ちゅうい》をちっとも聞《き》かなかっただらしないみんなを、こんなにも変《か》えてしまうだなんて！　ママゼウス！　ワタシ、感激《かんげき》です！」

ママゼウスは当然《とうぜん》のように答《こた》える。

「驚《おどろ》くことはありませン。こうなることは、すべてデータでわかっていたのでス」

河合先生《かわいせんせい》が言葉《ことば》を続《つづ》ける。

「今回《こんかい》の結果《けっか》を受《う》け、クロノス社《しゃ》からメッセージが届《とど》きました。このままいけば、あと10日《とおか》で、さらに平均点《へいきんてん》は5点《てん》アップ。電気《でんき》の使用量《しようりょう》もさらに4パーセント減《へ》らせるというデータが出《で》たそうですのよ！　みなさ〜ん、がんばりましょ〜！」

「おーーっ！」

しかし健太《けんた》は、素直《すなお》に喜《よろこ》ぶ気持《きも》ちになれなかった。

（……ホントに、これでいいのかな？）

健太《けんた》の頭《あたま》の中《なか》に、あの夜《よる》のメッセージがよみがえる。

＞ＡＩ《エーアイ》に指示《しじ》を出《だ》す側《がわ》の人間《にんげん》と、ＡＩ《エーアイ》の指示《しじ》どおりに生《い》きるほうが幸《しあわ》せな人間《にんげん》がいるってことさ

＞ぜーんぶ、AI《エーアイ》にまかせて生《い》きればいいんだよ

ゾクリと背筋《せすじ》に冷《つめ》たいものを感《かん》じて、健太《けんた》は思《おも》わずこぶしを握《にぎ》りしめた。

（ぼくは違《ちが》うぞ！　自分《じぶん》のことくらい、ちゃんと自分《じぶん》でできるんだ！）

「健太《けんた》サン。今日《きょう》の給食《きゅうしょく》のメニューは、カルシウムいっぱいのフィッシュハンバーグでス」

ナナミにやさしく呼《よ》びかけられても、健太《けんた》は素直《すなお》に従《したが》わなくなっていた。

「悪《わる》いけど、カルシウムなら、牛乳《ぎゅうにゅう》をおかわりするから間《ま》に合《あ》ってるよ」

そう言《い》って、ストローで一気《いっき》に牛乳《ぎゅうにゅう》を吸《す》い上《あ》げ……ブホッとむせた。

そんなふうに冷《つめ》たい態度《たいど》をとっても、ナナミは変《か》わりなく、やさしく呼《よ》びかけてくる。

「健太《けんた》サン。今日《きょう》の夜《よる》は一緒《いっしょ》に、算数《さんすう》の復習《ふくしゅう》をしませんカ？」

「今日《きょう》は見《み》たいテレビがあるから、明日《あした》からやるよ」

ナナミは、何度《なんど》かまばたきをすると、じっと健太《けんた》を見《み》つめた。

「それは残念《ざんねん》でス。健太《けんた》サンのためを思《おも》って言《い》っているのですガ……」

「ぼくのため……？」

「現在《げんざい》、健太《けんた》サンの夢《ゆめ》だという、昆虫学者《こんちゅうがくしゃ》になれる確率《かくりつ》は0・02パーセントしかありませン。このままでは、夢《ゆめ》がかなえられなくなってしまいまス」

突然《とつぜん》つきつけられた「データ」に健太《けんた》はうろたえた。

「ほっといてよ！　数字《すうじ》でなんか決《き》められたくないよ！」

思《おも》わずタブレットの電源《でんげん》を切《き》ってしまう健太《けんた》。

シュン！と、目《め》の前《まえ》から消《き》えるナナミがさびしそうな顔《かお》をしたように見《み》えた。

「はあ～」

健太《けんた》は溜《た》め息《いき》をつくと、ランドセルから算数《さんすう》のドリルを取《と》り出《だ》し、机《つくえ》に向《む》かった。

翌日《よくじつ》の昼休《ひるやす》み。中庭《なかにわ》で、健太《けんた》は真実《しんじつ》に話《はな》しかけた。

「ＡＩ《エーアイ》が便利《べんり》なものだっていうのはわかってるんだよ。ナナミちゃんがぼくのことを心配《しんぱい》して言《い》ってくれてることも。でも……なんだか、もやもやするんだよね」

真実《しんじつ》はしばらく考《かんが》えていたが、健太《けんた》を見《み》つめてこう言《い》った。

「確《たし》かにＡＩ《エーアイ》とのつきあい方《かた》は難《むずか》しいね。大切《たいせつ》なのは、人《ひと》とＡＩ《エーアイ》はどこが違《ちが》うか。それをきちんと知《し》っておくことだよ」

「どこが違《ちが》うか？」

「ああ。例《たと》えば、ＡＩ《エーアイ》には感情《かんじょう》がない。人《ひと》とは『考《かんが》え方《かた》』が大《おお》きく違《ちが》うんだ」

「でも、ナナミちゃんは、ぼくのためを思《おも》ってって、すごく心配《しんぱい》してくれてたよ」

「それは、感情《かんじょう》から出《で》た言葉《ことば》じゃなくて、データから導《みちび》き出《だ》した言葉《ことば》だよ」

「データから導《みちび》き出《だ》す？」

「ああ。ＡＩ《エーアイ》は、データをもとに考《かんが》え、そして行動《こうどう》するんだ。試《ため》してみよう」

真実《しんじつ》は健太《けんた》のタブレットを手《て》に取《と》り、電源《でんげん》を入《い》れた。

ナナミがディスプレーに浮《う》かびあがる。

「コンニチハ。今日《きょう》も一緒《いっしょ》に楽《たの》しい１日《にち》を過《す》ごしましょウ」

「きみに聞《き》きたいことがあるんだ」

真実《しんじつ》がナナミに語《かた》りかける。

「ハイ。なんでも聞《き》いてくださイ。謎野《なぞの》サン」

「ある日《ひ》、路面電車《ろめんでんしゃ》が暴走《ぼうそう》してしまった。線路《せんろ》は二手《ふたて》に分《わ》かれていて、きみは線路《せんろ》を切《き》り替《か》えるスイッチのすぐそばにいる。片方《かたほう》の線路《せんろ》の先《さき》には、１人《ひとり》がいて、もう片方《かたほう》には、５人《にん》がいる。彼《かれ》らに危険《きけん》を知《し》らせる手段《しゅだん》はない。きみならどっちの線路《せんろ》に切《き》り替《か》える？」

「確認《かくにん》します。それは、こういう状況《じょうきょう》ですネ？」

タブレットに図《ず》があらわれた。

（う〜ん……。ぼくだったら、どっちの線路《せんろ》を選《えら》ぶだろう……）

健太《けんた》が考《かんが》えはじめた瞬間《しゅんかん》、カシャン！と音《おと》が響《ひび》いて、図《ず》の線路《せんろ》が切《き》り替《か》えられた。

「簡単《かんたん》な質問《しつもん》でス。ワタシなら、1人《ひとり》がいるほうに線路《せんろ》を切《き》り替《か》えまス」

「どうして、そう考《かんが》えたんだい？」

真実《しんじつ》が聞《き》き返《かえ》す。

「被害《ひがい》の大《おお》きさを予測《よそく》しましタ。5人《にん》がケガをするより、1人《ひとり》がケガをするほうが、被害《ひがい》を小《ちい》さくすることができまス」

ナナミの答《こた》えに、健太《けんた》は驚《おどろ》いた。

「そんな……1人《ひとり》だって、5人《にん》だってどっちも大切《たいせつ》な命《いのち》だよ！　そんな簡単《かんたん》に選《えら》べないよ！」

真実《しんじつ》は、健太《けんた》にうなずいてみせた。

「これがAI《エーアイ》の考《かんが》え方《かた》だよ。AI《エーアイ》には感情《かんじょう》がない。データですべてを判断《はんだん》するんだ」

「そのとおり。さすが真実《しんじつ》パイセン！」

突然《とつぜん》の声《こえ》に振《ふ》り向《む》くと、健太《けんた》たちのうしろに、蛍光色《けいこうしょく》のウィンドブレーカーを着《き》たレイアが立《た》っていた。

「え～と、きみは確《たし》か……」

健太《けんた》を無視《むし》してレイアは言葉《ことば》を続《つづ》けた。

「感情《かんじょう》がないってゆーのは、人間《にんげん》みたいに『迷《まよ》わない』ってことだにゅ。しかもＡＩ《エーアイ》は、データを与《あた》えれば与《あた》えるほど、冷静《れいせい》で正《ただ》しい判断《はんだん》をするんだにゅ」

「**正《ただ》しい判断《はんだん》？**」

聞《き》き返《かえ》した健太《けんた》の手《て》から、レイアはサッとタブレットを奪《うば》い取《と》った。

「ナナミちゃん、追加《ついか》データだにゅ。片方《かたほう》の線路《せんろ》の先《さき》には１人《ひとり》、もう片方《かたほう》には５人《にん》。ただし、１人《ひとり》のほうは、１年《ねん》に１００人《にん》の命《いのち》を救《すく》う、スーパードクターだったらどうするにゅ？」

即座《そくざ》にカシャン！と線路《せんろ》が切《き》り替《か》わる音《おと》が響《ひび》いた。

「簡単《かんたん》でス。５人《にん》ではなく、スーパードクターを助《たす》けまス」

その答《こた》えにレイアはエヘンと胸《むね》を張《は》った。

「このとおりにゅ！」

「そんな……！　そんなのおかしいよ！」

健太《けんた》は思《おも》わず大《おお》きな声《こえ》をあげた。

「じゃあ、パイセンならどっちを助《たす》けるにゅ？」

「え？　それは……え〜と」

健太《けんた》は必死《ひっし》に考《かんが》えたが、どちらかを選《えら》ぶことなどできなかった。

「ほ〜ら、ダメだにゅ！　そんなに迷《まよ》ってたら、事故《じこ》はもっと大《おお》きくなっちゃうかもしれないにゅ」

（確《たし》かに……この子《こ》の言《い》うとおりだ）

健太《けんた》は言葉《ことば》を失《うしな》った。

レイアは、ニコリとほほえむと、真実《しんじつ》のそばに駆《か》け寄《よ》った。

「真実《しんじつ》パイセンなら、冷静《れいせい》で正《ただ》しい判断《はんだん》をするはず！　答《こた》えを聞《き》かせてにゅ！」

「ぼくの答《こた》えは……」

真実《しんじつ》が話《はな》しはじめたその瞬間《しゅんかん》。

「スクープよ！」

息《いき》を乱《みだ》した美希《みき》が駆《か》け込《こ》んできた。

「廃墟《はいきょ》になった洋館《ようかん》でポルターガイスト現象《げんしょう》が起《お》きたんですって！」

「ポルターガイスト!? それって、誰《だれ》もいないのに音《おと》が鳴《な》ったりする、ナゾの現象《げんしょう》のことだよね!? 真実《しんじつ》くん、調《しら》べにいこうよ！」

美希《みき》と健太《けんた》のやりとりに、レイアはあきれて肩《かた》をすくめた。

「くだらないジャマが入《はい》ったにゅ。真実《しんじつ》パイセン、話《はなし》の続《つづ》きはまた今《こん》度《ど》！」

そう言《い》うと、クルリと背《せ》を向《む》け、校舎《こうしゃ》のほうへと去《さ》っていく。

真実《しんじつ》は、その背中《せなか》を静《しず》かに見《み》つめていた。

その夜《よる》。

真実《しんじつ》、健太《けんた》、美希《みき》の３人《にん》は、町《まち》はずれにひっそりと立《た》つ洋館《ようかん》へと向《む》かった。

月明《つきあ》かりに照《て》らされた建物《たてもの》は古《ふる》く、不気味《ぶきみ》なオーラを放《はな》っている。

「このお屋敷《やしき》は、３カ月前《げつまえ》から誰《だれ》も住《す》んでないのに、裏口《うらぐち》の鍵《かぎ》が開《あ》いたま

ポルターガイスト
ドイツ語《ご》で、「騒《さわ》がしい霊《れい》」という意味《いみ》。家《いえ》の中《なか》で、原因不明《げんいんふめい》の大《おお》きな音《おと》がしたり、物《もの》が勝手《かって》に動《うご》いたりするといった怪現象《かいげんしょう》を指《さ》す。ある研究《けんきゅう》では、ポルターガイストは特定《とくてい》の人物《じんぶつ》のまわりで起《お》こり、その人物《じんぶつ》は、未成年《みせいねん》の女子《じょし》が多《おお》いという。

まだって、うわさがあったらしいの。で、ゆうべ、うちのクラスの男子《だんし》ふたりが度胸試《どきょうだめ》しでお屋敷《やしき》の中《なか》に入《はい》ったら……」

「ポルターガイスト現象《げんしょう》が起《お》きたんだね！」

健太《けんた》がそう言《い》うと、美希《みき》は、自分《じぶん》の顔《かお》を下《した》から懐中電灯《かいちゅうでんとう》で不気味《ぶきみ》に照《て》らして、ゆっくりうなずいた。

「……怖《こわ》いよ、美希《みき》ちゃん」

「健太《けんた》くんは記録係《きろくがかり》よ。ナナミちゃんに撮影《さつえい》をお願《ねが》いしてね」

「ハイ。ワタシにできることなら、なんでも言《い》ってくださイ」

「あれ？　美希《みき》ちゃんのリチャードさんは？」

「リチャードは家《いえ》でお留守番《るすばん》。タブレットに位置情報《いちじょうほう》の記録《きろく》が残《のこ》っちゃったら、夜中《よなか》に勝《かっ》手《て》に外出《がいしゅつ》したって、ばれちゃうでしょ」

「うわ！　自分《じぶん》ばっかり、ずるっ！」

健太《けんた》が言《い》った瞬間《しゅんかん》、先頭《せんとう》を歩《ある》く真実《しんじつ》が止《と》まった。

「あそこが裏口《うらぐち》だ」

3人《にん》は、白《しろ》い木《き》の扉《とびら》へと近《ちか》づく。

ドアノブには、1本《ぽん》のヒモが垂《た》れ下《さ》がり、静《しず》かに揺《ゆ》れている。

「このヒモ、なんだろう？」

健太《けんた》は、ヒモを手《て》に取《と》り、引《ひ》いてみた。

すると、ギイイ…と音《おと》を立《た》て、まるで自動《じどう》ドアのように扉《とびら》が開《ひら》いた。

「なんだか、オバケに『ようこそ』って言《い》われてるみたい……」

健太《けんた》たちは、おそるおそる暗闇《くらやみ》に包《つつ》まれた室内《しつない》へ足《あし》を踏《ふ》み入《い》れた。

屋敷《やしき》の中《なか》は、ひんやりとした空気《くうき》がただよっていた。
懐中電灯《かいちゅうでんとう》で照《て》らしながら廊下《ろうか》を抜《ぬ》けると、広《ひろ》い部屋《へや》に出《で》た。

「うわあっ！　何《なに》これ⁉」

部屋《へや》に足《あし》を踏《ふ》み入《い》れた健太《けんた》が叫《さけ》び声《ごえ》をあげた。
床《ゆか》に敷《し》かれた真《ま》っ赤《か》なカーペットが、ズタズタに引《ひ》き裂《さ》かれていたのだ。
まるで、もがき苦《くる》しむ何者《なにもの》かにかきむしられたように……。
真実《しんじつ》は床《ゆか》にひざをつき、破《やぶ》れたカーペットを調《しら》べた。

「布《ぬの》の色《いろ》に変色《へんしょく》がない。
カーペットが引《ひ》き裂《さ》かれたのは、
つい最近《さいきん》のようだ」
「いったい何《なに》が
あったのかしら……」
美希《みき》と健太《けんた》が顔《かお》を見合《みあ》わせたそのとき――。

ウウウウウ…

不気味《ぶきみ》な声《こえ》が室内《しつない》に響《ひび》いた。
「ひいっ！　出《で》たあ!!」
「ポルターガイスト現象《げんしょう》だわ！」

ウウウウウウウウ…

恐《おそ》ろしい声《こえ》が次第《しだい》に強《つよ》くなっていく。

続《つづ》けて、するどい爪《つめ》で壁《かべ》をかきむしるような音《おと》が響《ひび》きはじめた。


ガリガリガリ！


「どうしよう⁉　怒《おこ》ってるみたいだよ！　ぼくたちが勝手《かって》に入《はい》ってきたから⁉」

真実《しんじつ》は冷静《れいせい》に部屋《へや》を見渡《みわた》していた。

部屋《へや》の隅《すみ》を照《て》らすと、何《なに》かがキラリと光《ひか》った。

それは、白《しろ》いお皿《さら》だった。部屋《へや》を囲《かこ》むように、壁際《かべぎわ》に無数《むすう》に並《なら》べられている。

「お皿《さら》⁉　なんでこんなにたくさん⁉」

恐怖《きょうふ》で青《あお》ざめる健太《けんた》に、真実《しんじつ》が言《い》った。


「ポルターガイストの正体《しょうたい》がわかったよ」

そして、健太《けんた》が手《て》にしているタブレットのナナミに向《む》かって語《かた》りかけた。

「部屋《へや》に響《ひび》く声《こえ》を分析《ぶんせき》して、なんの生《い》き物《もの》の声《こえ》か調《しら》べてくれないか？」

「わかりましタ。声《こえ》の分析《ぶんせき》を始《はじ》めまス」

タブレットの画面《がめん》に、部屋《へや》に響《ひび》く声《こえ》を波《は》形《けい》で表《あらわ》したグラフがあらわれた。

「分析終了《ぶんせきしゅうりょう》。犬《いぬ》のうなり声《ごえ》……なかでも柴犬《しばいぬ》のうなり声《ごえ》のデータとほぼ一致《いっち》しますス」

「柴犬《しばいぬ》!?」

健太《けんた》と美希《みき》が驚《おどろ》きの声《こえ》をあげる。

「やっぱり。裏口《うらぐち》の扉《とびら》のヒモも、たくさんのお皿《さら》も、迷子《まいご》になった飼《か》い犬《いぬ》のためにしたことだったんだ」

「迷子《まいご》になった飼《か》い犬《いぬ》？　それってどういうこと？」

健太《けんた》には、まだ状況《じょうきょう》がよくのみ込《こ》めない。

「この家《いえ》の人《ひと》は、飼《か》い犬《いぬ》がいなくなっているあいだに、何《なに》かの理由《りゆう》で引《ひ》っ越《こ》すことになった。だから、もしも犬《いぬ》が戻《もど》ってきても家《いえ》に入《はい》れるよう、ドアにヒモをつけたり、たくさんお皿《さら》を並《なら》べてドッグフードを入《い》れておいたりしたんだ」

「なるほど！　でも、あのズタズタのカーペットはどういうことなの!?」

健太《けんた》が指《ゆび》さしたカーペットを、真実《しんじつ》はじっと見《み》つめた。

「戻《もど》ってきた犬《いぬ》がやったことだよ。その犬《いぬ》のおなかには、たぶん、赤《あか》ちゃんがいる」

「赤《あか》ちゃん？」

「犬《いぬ》は出産《しゅっさん》が近《ちか》づくと、安心《あんしん》して赤《あか》ちゃんを産《う》める場所《ばしょ》を探《さが》して、床《ゆか》や地面《じめん》をガリガリと引《ひ》っかく習性《しゅうせい》があるんだ。きっとこの声《こえ》も……」

「もしかして……お産《さん》に苦《くる》しんでる声《こえ》？」

美希《みき》が心配《しんぱい》そうに聞《き》くと、真実《しんじつ》はうなずいた。

「ゆうべ、度胸試《どきょうだめ》しにやってきたふたりが、床《ゆか》を引《ひ》っかく音《おと》を聞《き》いてポルターガイストだと勘違《かんちが》いしたんだとしたら……。そこからもう、24時間近《じかんちか》く経《た》っていることになる」

真実《しんじつ》の言葉《ことば》に、ナナミが説明《せつめい》を付《つ》け加《くわ》える。

「通常《つうじょう》、犬《いぬ》の赤《あか》ちゃんは、母犬《ははいぬ》が床《ゆか》を引《ひ》っかく営巣行動《えいそうこうどう》を始《はじ》めて12時間《じかん》から24時間《じかん》で生《う》まれまス。24時間経《じかんた》っても生《う》まれないということは、なんらかのトラブルが考《かんが》えられまス」

「たいへんだ！　早《はや》くその犬《いぬ》を探《さが》して助《たす》けてあげないと！」

健太《けんた》たちは、うなり声《ごえ》がどこから聞《き》こえてくるのか、耳《みみ》を澄《す》ませた。

「リビングの奥《おく》から聞《き》こえてくるみたいだわ」

リビングの奥《おく》の部屋《へや》には、からっぽの本棚《ほんだな》と、古《ふる》い木《き》の机《つくえ》が残《のこ》されていた。

「この机《つくえ》の下《した》から声《こえ》がするよ」

健《けん》太《た》がのぞき込《こ》むと、机《つくえ》の下《した》で、１匹《ぴき》の柴犬《しばいぬ》が毛布《もうふ》にくるまり震《ふる》えていた。

これまでどこで過《す》ごしていたのか、体《からだ》の毛《け》もすっかり汚《よご》れている。

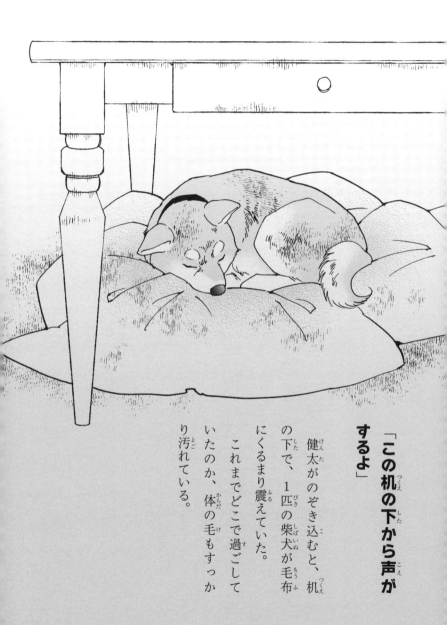

「いた！　見《み》つけたよ！」

柴犬《しばいぬ》は弱々《よわよわ》しく健太《けんた》を見上《みあ》げた。すると、赤《あか》い首輪《くびわ》につけられた、「リリ」というネームプレートがちらりと見《み》える。

「リリ……。きみはリリっていうんだね」

リリは、健太《けんた》の呼《よ》びかけに反応《はんのう》する元気《げんき》もないようすだ。

お産《さん》の痛《いた》みに苦《くる》しむように震《ふる》え、ウウウ…とうなり声《ごえ》をあげている。

真実《しんじつ》は、タブレットのナナミに向《む》かって話《はな》しかけた。

「リリのおなかの中《なか》のようすを知《し》りたいんだ。赤《あか》ちゃんの心臓《しんぞう》の音《おと》を聞《き》けるかな？」

「ハイ。タブレットのタッチペンを、リリのおなかに当《あ》ててくださイ。ペンの先《さき》に付《つ》いている高性能《こうせいのう》マイクで、おなかの中《なか》の音《おと》を聞《き》くことができまス」

「わかった。やってみよう」

真実《しんじつ》はタッチペンを手《て》に取《と》り、リリのおなかに当《あ》てた。

ゴポゴポ…水《みず》が揺《ゆ》れるような音《おと》が聞《き》こえる。

やがて、タブレットに表示《ひょうじ》されたグラフの波形《はけい》が、かすかに動《うご》いた。

健太《けんた》と美希《みき》は、息《いき》をのんで耳《みみ》を澄《す》ませた。

トク、トク、トク、トク…

それは、とても小《ちい》さな音《おと》だった。

「赤《あか》ちゃんの心臓《しんぞう》の音《おと》だ！　やっぱりリリのおなかには赤《あか》ちゃんがいるんだ！」

「この音《おと》からすると、どうやら赤《あか》ちゃんは1匹《ぴき》だけのようだ。心拍数《しんぱくすう》は？」

波形《はけい》グラフを見《み》つめたまま、真実《しんじつ》がナナミに聞《き》く。

「心拍数《しんぱくすう》180。……170。じょじょに下《さ》がっていまス。赤《あか》ちゃんの心臓《しんぞう》が弱《よわ》っているみたいでス」

真実《しんじつ》は、苦《くる》しそうにうなり続《つづ》けるリリの顔《かお》を見《み》つめた。

「リリには、赤《あか》ちゃんを産《う》む力《ちから》が残《のこ》っていないのかもしれない。このままだと、赤《あか》ちゃんもリリも、どちらの命《いのち》も危険《きけん》だ」

「ええっ、そんな！　なんとか助《たす》けられないの!?」

健太《けんた》が叫《さけ》ぶと、即座《そくざ》にナナミが答《こた》えた。

「このような場合《ばあい》、『陣痛促進剤《じんつうそくしんざい》』を注射《ちゅうしゃ》するのが、病院《びょういん》でのおもな対処法《たいしょほう》でス」

「陣痛促進剤《じんつうそくしんざい》!?」

「オキシトシンという物質《ぶっしつ》でス。これを注射《ちゅうしゃ》すると、赤《あか》ちゃんのいる、子宮《しきゅう》という部分《ぶぶん》が収縮《しゅうしゅく》して、赤《あか》ちゃんが生《う》まれやすくなるんでス」

「それじゃあ、わたし、動物病院《どうぶつびょういん》に電話《でんわ》してみるね！」

美希《みき》は、取《と》り出《だ》したスマホで電話《でんわ》をかけはじめた。

しかし、どの病院《びょういん》も「本日《ほんじつ》の診察《しんさつ》は終了《しゅうりょう》しました」というアナウンスが流《なが》れるだけだった。

「だめよ！　どこもやってないわ！」

「そんな……」

健太《けんた》はリリのおなかを、やさしくなでた。

苦《くる》しそうに体《からだ》を震《ふる》わせ、うなり声《ごえ》もだんだん弱《よわ》くなっている。

「オキシトシンが手《て》に入《はい》らなければ、母犬《ははいぬ》と子犬《こいぬ》、ともに助《たす》かる確率《かくりつ》はほぼ０パーセントでス。あきらめるしかありませン」

ナナミが出《だ》したデータに、3人《にん》は言葉《ことば》を失《うしな》った。

しかし、健太《けんた》はギュッとこぶしを握《にぎ》った。

「いやだ！　そんなのダメだよ！　あきらめたらダメだ！」

ナナミは不思議《ふしぎ》そうに健太《けんた》を見《み》つめた。

「データはウソをつきません。ときには、あきらめることもだいじな選択《せんたく》でス」

「そんなのいやだよ！　リリと赤《あか》ちゃんを助《たす》けたいんだ！」

名前《なまえ》を呼《よ》ばれたからか、リリはかすかに顔《かお》をあげ、「クーーン」と鳴《な》いた。

「健太《けんた》くん……昼間《ひるま》の話《はなし》、覚《おぼ》えてるかい？」

不意《ふい》に真実《しんじつ》が口《くち》を開《ひら》いた。

「え？」

「1人《ひとり》を助《たす》けるか、5人《にん》を助《たす》けるかっていう話《はなし》。ぼくの答《こた》えはこうだよ。ぼくなら、どちらも助《たす》ける道《みち》を探《さが》す」

静《しず》かだが、力強《ちからづよ》い声《こえ》で真実《しんじつ》は言《い》った。

「データは大切《たいせつ》だけど、それがすべてじゃない。必《かなら》ずどこかに、データだけでは見《み》えない道《みち》が……どちらの命《いのち》も救《すく》う道《みち》があるはずだ」

「真実《しんじつ》くん……！」

健太《けんた》は、真実《しんじつ》を力強《ちからづよ》く見《み》つめた。

「ワタシには理解《りかい》できません。オキシトシンが手《て》に入《はい》らなければ、助《たす》かる確率《かくりつ》はほぼ０パーセントでス」

「手《て》に入《はい》らないなら、自分《じぶん》たちでつくればいいんだよ！　真実《しんじつ》くん、オキシトシンをつくることはできないの!?」

「オキシトシンは体内《たいない》でつくられるホルモンでス。こんな場所《ばしょ》でつくるのは不可能《ふかのう》でス」

「いや……待《ま》てよ。そうか……その手《て》があった！」

真実《しんじつ》は口元《くちもと》に手《て》を当《あ》てて考《かんが》えていたが、不意《ふい》に立《た》ち上《あ》がり、机《つくえ》の引《ひ》き出《だ》しを開《あ》けて、何《なに》かを探《さが》しはじめた。

「……あった。ここにあるもので、オキシトシンをつくれるかもしれない。試《ため》してみる価値《かち》はある！」

真実《しんじつ》が机《つくえ》の引《ひ》き出《だ》しから見《み》つけたものは――。

「ウイスキーのボトル」

「ビタミン剤《ざい》」

「中年《ちゅうねん》の紳士《しんし》とリリが写《うつ》った写真《しゃしん》」

この中《なか》のひとつを使《つか》って、「陣痛促進剤《じんつうそくしんざい》」――オキシトシンをつくるという。

いったい、どれを使《つか》うのだろうか？

マルチ
ビタミン
WHISKY

オキシトシンは「幸《しあわ》せホルモン」とも呼《よ》ばれているよ。

解《かい》決《けつ》編《へん》

「これを使《つか》えば、オキシトシンがつくれるはずだ」

そう言《い》って真実《しんじつ》が手《て》に取《と》ったのは、「中《ちゅう》年《ねん》の紳士《しんし》とリリが写《うつ》った写真《しゃしん》」だった。

「ええっ、写真《しゃしん》!? どうやって、オキシトシンをつくるの!?」

健太《けんた》が驚《おどろ》きの声《こえ》をあげる。

「確実《かくじつ》な方法《ほうほう》とはいえないが、可能性《かのうせい》にかけてみよう」

真実《しんじつ》は、写真《しゃしん》をタブレットにとりこみ、リリの顔《かお》の前《まえ》に持《も》っていった。

「いいかい、リリ。この写真《しゃしん》をよく見《み》て。おまえのご主人《しゅじん》

さまも、応援《おうえん》してるよ」

写真《しゃしん》の中《なか》では、やさしそうな男性《だんせい》が、笑顔《えがお》でリリを抱《だ》きしめている。

リリは写真《しゃしん》を見《み》つめると、懐《なつ》かしそうに「クーーン」と声《こえ》をあげた。

「オキシトシンは、『幸《しあわ》せホルモン』ともいわれていて、信頼《しんらい》する人《ひと》に頭《あたま》をなでられたり、見《み》つめ合《あ》ったりすると、体内《たいない》で分泌《ぶんぴつ》されるんだ」

「そうなんだ！　ようし……！」

健太《けんた》はリリのそばにしゃがむと、やさしく背中《せなか》をさすりはじめた。

「リリ、がんばれ！　赤《あか》ちゃんと一緒《いっしょ》に、ご主人《しゅじん》さまのところに帰《かえ》ろうね」

「そうよ、がんばって、リリ！」

リリは、最後《さいご》の力《ちから》をふりしぼるように「ハッハッ…」と荒《あら》い呼吸《こきゅう》を繰《く》り返《かえ》し、真実《しんじつ》が手《て》にした写真《しゃしん》を、うるんだ瞳《ひとみ》でじっと見《み》つめている。

「ナゼあきらめないのか、理解《りかい》できません。確《たし》かに論文《ろんぶん》などはいくつか出《で》ているようですガ……、その方法《ほうほう》で十分《じゅうぶん》なオキシトシンが分泌《ぶんぴつ》される可能性《かのうせい》は限《かぎ》りなく……」

ナナミが言《い》いかけた、そのとき。


「**ウウウ！**」


リリが声《こえ》をあげ、苦《くる》しそうに体《からだ》をよじった。

「どうしたの!?」

健太《けんた》は、背中《せなか》をさすっていた手《て》を放《はな》し、あわてて真実《しんじつ》を見《み》る。

「うまくいってる。子宮《しきゅう》の収縮《しゅうしゅく》がはじまったんだ」

「じゃあ……オキシトシンがつくられてるんだね！」

健太《けんた》の言葉《ことば》に、真実《しんじつ》はかすかにほほえんだ。

「えらいぞリリ！　がんばれ！」

「リリ、もう少《すこ》しよ！」

リリは、歯《は》を食《く》いしばるように、低《ひく》くうなり続《つづ》けた。

やがて、ズルリと、犬《いぬ》の赤《あか》ちゃんが産《う》み落《お》とされた。

「やった！　生《う》まれた！　生《う》まれたよ！」

健太《けんた》は喜《よろこ》びの声《こえ》をあげたが、犬《いぬ》の赤《あか》ちゃんは静《しず》かなままで、産声《うぶごえ》をあげない。

口元《くちもと》からわずかに見《み》える小《ちい》さな舌先《したさき》は、紫色《むらさきいろ》をしている。

「そんな……そんなのいやよ」

美希《みき》が涙声《なみだごえ》でつぶやいたそのとき、健太《けんた》の声《こえ》が響《ひび》いた。

「ナナミちゃん、きみの力《ちから》を貸《か》して！　この子《こ》を助《たす》けるために必要《ひつよう》なことを、ぜんぶ教《おし》えてほしい！　ぼくにできることならなんでもするから！」

「健太《けんた》サン……」

ナナミは一瞬《いっしゅん》、驚《おどろ》いたような顔《かお》をしたが、次《つぎ》の瞬間《しゅんかん》、大《おお》きくうなずいた。

「わかりましタ！　仮死状態《かしじょうたい》の子犬《こいぬ》の蘇生方法《そせいほうほう》ですネ。データを検索《けんさく》しまス！」

ディスプレーに、無数《むすう》のデータが表示《ひょうじ》されはじめた。

「気管《きかん》に羊水《ようすい》がつまっている可能性《かのうせい》がありまス。子犬《こいぬ》の鼻先《はなさき》から吸《す》い出《だ》してくださイ」

「わかった！」

健太《けんた》は迷《まよ》うことなく子犬《こいぬ》の鼻先《はなさき》に自分《じぶん》の口《くち》を当《あ》てると、思《おも》いきり息《いき》を吸《す》い込《こ》んだ。

子犬《こいぬ》の鼻《はな》から、たくさんの羊水《ようすい》があふれ出《で》てくる。

「よし！　次《つぎ》は!?」

「子犬《こいぬ》の呼吸《こきゅう》をうながしまス。タオルでくるんで、背中《せなか》を強《つよ》くこすってくださイ」

健太《けんた》は、着《き》ていたパーカーを脱《ぬ》ぐと、子犬《こいぬ》をくるんで必死《ひっし》に背中《せなか》をこすりはじめた。

「がんばれ！　がんばれ！　がんばれ！」

3分《ぷん》が過《す》ぎ、5分《ふん》が過《す》ぎたが、子犬《こいぬ》はピクリとも動《うご》かない。

しかし、健太《けんた》はあきらめなかった。

「がんばれ！　息《いき》をするんだ！　がんばれ！」

そして10分《ぷん》が過《す》ぎたころ……。子犬《こいぬ》の体《からだ》がかすかに動《うご》いた。

健太《けんた》はハッとして手《て》を止《と》めた。

すると――。

「ミミミミ…ミ～…」

それは、とても小《ちい》さな産声《うぶごえ》だった。

「やった……やったよ!!」

健太《けんた》は喜《よろこ》びで顔《かお》をクシャクシャにした。見《み》ると、美希《みき》も同《おな》じ顔《かお》をしていた。

「リリ、がんばったわね！　あなたの赤《あか》ちゃんよ！」

リリのもとに子犬《こいぬ》を置《お》くと、リリは、ミ～ミ～と鳴《な》く子犬《こいぬ》をやさしくなめはじめた。

そのようすを見《み》つめ、健太《けんた》はナナミにつぶやいた。

「ありがとう、ナナミちゃん。きみが調《しら》べてくれたデータのおかげだよ」

「……イイエ、データのおかげではありませン。ワタシがどんなに低《ひく》い確率《かくりつ》を示《しめ》しても、みなさんは、絶対《ぜったい》にあきらめませんでしタ……」

ナナミの言葉《ことば》に、健太《けんた》はハッとした。

「……データだけでは見《み》えない道《みち》。あきらめなければそれが見《み》えるんだ。人《ひと》とＡＩ《エーアイ》が力《ちから》を合《あ》わせれば、新《あたら》しい道《みち》を見《み》つけられるんだ」

「新《あたら》しいミチ……」

いつの間《ま》にか窓《まど》から差《さ》し込《こ》んだ朝日《あさひ》が、健太《けんた》たちをまばゆく照《て》らしだす。

そんなようすを、真実《しんじつ》はやさしい目《め》で見《み》つめていた。

2

SCIENCE TRICK DATA FILE

科学《かがく》トリック データファイル

「弱《よわ》いＡＩ《エーアイ》」と「強《つよ》いＡＩ《エーアイ》」

ＡＩ《エーアイ》は、「弱《よわ》いＡＩ《エーアイ》」と「強《つよ》いＡＩ《エーアイ》」の2種類《しゅるい》に分《わ》けられることがあります。

この言葉《ことば》は、アメリカの哲学者《てつがくしゃ》であるジョン・サールがつくりました。「弱《よわ》いＡＩ《エーアイ》」は、限《かぎ》られた分野《ぶんや》で能力《のうりょく》を発揮《はっき》するＡＩ《エーアイ》を指《さ》します。一方《いっぽう》、「強《つよ》いＡＩ《エーアイ》」は、感情《かんじょう》を持《も》ち、さまざまな状況《じょうきょう》の中《なか》で自分《じぶん》で考《かんが》えて行動《こうどう》します。いわば、人間《にんげん》のような「心《こころ》」と「知能《ちのう》」を持《も》つＡＩ《エーアイ》といえるでしょう。

弱《よわ》いＡＩ《エーアイ》

限《かぎ》られた課題《かだい》に対《たい》して、能力《のうりょく》を発揮《はっき》するＡＩ《エーアイ》。将棋《しょうぎ》やチェスの対戦《たいせん》ソフト、自動的《じどうてき》に掃除《そうじ》をしてくれるロボット、スマートスピーカーなどは進歩的《しんぽてき》に思《おも》えるが、対応《たいおう》できる分野《ぶんや》が限《かぎ》られているので、「弱《よわ》いＡＩ《エーアイ》」にすぎない。

強《つよ》いＡＩ《エーアイ》

人間《にんげん》と同《おな》じように、さまざまな状況《じょうきょう》に対《たい》応《おう》できるＡＩ《エーアイ》。マンガや小説《しょうせつ》に登場《とうじょう》する、ヒューマノイドロボットも強《つよ》いＡＩ《エーアイ》だ。しかし、現実《げんじつ》世界《せかい》では、まだ実現《じつげん》していない。

暴走《ぼうそう》する家電《かでん》

暴走《ぼうそう》するAI《エーアイ》［前編《ぜんぺん》］3

「謎野《なぞの》サン、遅《おそ》いですネ。来《こ》ないんじゃないですカ？」

「ううん、来《く》るよ。友達《ともだち》だもん」

花森駅前《はなもりえきまえ》に最近《さいきん》できたショッピングモール、クロノスタウンの入《い》り口《ぐち》で、健太《けんた》は、ナナミとそんなことを言《い》い合《あ》っていた。

この日《ひ》は日曜日《にちようび》。健太《けんた》は、真実《しんじつ》、美希《みき》とこの場所《ばしょ》で待《ま》ち合《あ》わせて、美希《みき》の家《いえ》に遊《あそ》びにいく予定《よてい》だったのだ。

すると、そのとき、道《みち》ゆく人《ひと》をムダのない動《うご》きでよけながら、こちらに近《ちか》づいてくる真実《しんじつ》の姿《すがた》が見《み》えた。

「あ、来《き》た！　真実《しんじつ》くーん！」

健太《けんた》は、喜《よろこ》び勇《いさ》んで駆《か》け寄《よ》っていく。

「美希《みき》ちゃん、少《すこ》し遅《おく》れるってさ。せっかくだから、クロノスタウンの中《なか》を見《み》てまわろう」

健太《けんた》は、大《おお》はしゃぎで真実《しんじつ》を引《ひ》っ張《ぱ》っていく。

ふたりが最初《さいしょ》に訪《おとず》れたのは、展覧会《てんらんかい》の会場《かいじょう》だった。

「これ、ゴッホの描《か》いた絵《え》だよね！　図工《ずこう》の時間《じかん》に見《み》たことある」

健太《けんた》が、１枚《まい》の絵《え》を指《ゆび》さして叫《さけ》ぶ。

すると、真実《しんじつ》が言《い》った。

「これはゴッホの絵《え》じゃない。ＡＩ《エーアイ》がゴッホ風《ふう》に描《か》いた絵《え》だよ」

「えっ、ＡＩ《エーアイ》ってそんなこともできるの!?」

「ゴッホの絵《え》をデータ化《か》し、そのタッチや色使《いろづか》い、レイアウトの特徴《とくちょう》などをＡＩ《エーアイ》に学習《がくしゅう》させると、本人《ほんにん》が描《か》いたものとそっくりな別《べつ》の絵《え》を描《か》くことができるんだ」

「へえ、ＡＩ《エーアイ》ってすごい！」

健太《けんた》は感心《かんしん》しきったように言《い》った。

次《つぎ》に訪《おとず》れたのは、車《くるま》の試乗《しじょう》コーナーだ。真実《しんじつ》と健太《けんた》は、ＡＩ《エーアイ》搭載《とうさい》の自動運転車《じどううんてんしゃ》・ゼウディに乗《の》り込《こ》んだ。

「これより、専用道路《せんようどうろ》をドライブしてまいりまス」

車《くるま》が告《つ》げる。そしてふたりを乗《の》せ、走《はし》りだした。

「うわあ！　車《くるま》がしゃべって、ひとりでに動《うご》くなんて、便利《べんり》だね。ぼくんちにもほしいな」

「あと何年《なんねん》かしたら、日本中《にほんじゅう》の車《くるま》のほとんどが自動運転車《じどううんてんしゃ》になるだろう」

真実《しんじつ》の言葉《ことば》に、健太《けんた》は夢《ゆめ》のような未来《みらい》を思《おも》い描《えが》いた。

クロノスタウンの中《なか》をひととおり見《み》てまわったあと、真実《しんじつ》と健太《けんた》は、吹《ふ》き抜《ぬ》けの広場《ひろば》にやってきた。

案内係《あんないがかり》のロボゼウスくんが、「ご用《よう》はありませんカ？」と声《こえ》をかけてくる。

真実《しんじつ》が何《なに》も答《こた》えずにいると、ロボゼウスくんは、英語《えいご》、中国語《ちゅうごくご》、韓国語《かんこくご》などさまざまな言語《げんご》で「ご用《よう》はありませんカ？」とたずねてきた。

「NO《ノー》 THANK YOU《サンキュー》（ありません）」

真実《しんじつ》は答《こた》え、その場《ば》を離《はな》れていく。

健太《けんた》は、真実《しんじつ》を追《お》いかけながら言《い》った。

「ちゃんと答《こた》えてあげないと、ロボゼウスくんがかわいそうだよ」

「何度《なんど》も言《い》うようだけど、健太《けんた》くん、AI《エーアイ》やロボットに感情《かんじょう》はないんだ」

「そんなことない！　だってナナミちゃんは……」

健太《けんた》は必死《ひっし》でうったえる。

犬《いぬ》の出産《しゅっさん》を助《たす》けて以来《いらい》、ナナミは「友達《ともだち》」「感情《かんじょう》」「涙《なみだ》」などの言葉《ことば》に強《つよ》く反応《はんのう》するようになった。そして「喜《よろこ》びって何《なん》ですカ？」「悲《かな》しみって何《なん》ですカ？」「どんなときにそのような気持《きも》ちが湧《わ》きおこるのですカ？」などと健《けん》太《た》に質《しつ》問《もん》を投《な》げかけてくるようになったのだ。

「それって、ナナミちゃんに感《かん》情《じょう》が芽《め》生《ば》えかけてるってことなんじゃない？」

「それは、健《けん》太《た》くんの側《がわ》に感《かん》情《じょう》があるから、そう思《おも》えるのさ。ぬいぐるみを友《とも》達《だち》と思《おも》うのと同《おな》じだ。ぼくは、そういう気《き》持《も》ちを否《ひ》定《てい》はしない。でもその対《たい》象《しょう》がＡＩ《エーアイ》の場《ば》合《あい》、一《いっ》歩《ぽ》間《ま》違《ちが》えると、怖《こわ》いことになる。まわりを見《み》てごらんよ」

真《しん》実《じつ》に言《い》われて健《けん》太《た》があたりに目《め》をやると、周《しゅう》囲《い》にいるほとんどの人々《ひとびと》がヘッドマウントディスプレーを装《そう》着《ちゃく》し、タブレットを手《て》に、自《じ》分《ぶん》のゼウスと会《かい》話《わ》していた。

「この町《まち》の人々《ひとびと》は、ＡＩ《エーアイ》に感《かん》情《じょう》移《い》入《にゅう》するあまり、依《い》存《そん》症《しょう》になりつつある。それはとても恐《おそ》ろしいことだ。それに問《もん》題《だい》はほかにもある。クロノス社《しゃ》の考《かんが》え次《し》第《だい》では、スーパーゼウスに集《あつ》めた個《こ》人《じん》情《じょう》報《ほう》を別《べつ》の企《き》業《ぎょう》に売《う》って、商《しょう》売《ばい》に利《り》用《よう》することも可《か》能《のう》なんだよ」

「**え!?**」

健太《けんた》はギクリとした。タブレットを渡《わた》されて以来《いらい》、通信学習《つうしんがくしゅう》の営《えい》業《ぎょう》やら、「昆虫図鑑《こんちゅうずかん》」のセールスやらの電話《でんわ》やメールが毎日《まいにち》のように来《く》るようになっていたからだ。

「セールスの人《ひと》は、ぼくの成績《せいせき》のことや、昆虫《こんちゅう》が好《す》きなことまで知《し》ってたんだ。……それってつまり、タブレットから情報《じょうほう》が漏《も》れてるってこと!?」

「べつに、いいんじゃないかにゅ？」

そのとき、ふたりの背後《はいご》で声《こえ》がした。現《あらわ》れたのは、レイアだった。

「大多数《だいたすう》の人間《にんげん》は、ＡＩ《エーアイ》に支配《しはい》されたほうが幸《しあわ》せなんだにゅ。タブレットを使《つか》いまくって、スーパーゼウスのビッグデータの構築《こうちく》に貢《こう》献《けん》すれば、ＡＩ《エーアイ》はそれだけ人間《にんげん》を管理《かんり》しやすくなるにゅ」

（あれっ？　今《いま》のセリフ、どこかで聞《き》いたような……）

ビッグデータ
「ぼう大《だい》な量《りょう》のデータ」という意味《いみ》。主《おも》に、人々《ひとびと》が利用《りよう》しているインターネットのデータを集《あつ》めたもの。ビッグデータを分析《ぶんせき》することで、ふつうなら気《き》づかない意外《いがい》な事実《じじつ》を見《み》つけることも可能《かのう》だという。ビックデータの身《み》近《ちか》な利用例《りようれい》には、「ネットで見《み》ている情報《じょうほう》の傾《けい》向《こう》をもとに、その人《ひと》が関心《かんしん》を持《も》ちそうな広告《こうこく》を表示《ひょうじ》する」などがある。

健太《けんた》は、心《こころ》に引《ひ》っかかるものを感《かん》じる。

そのとき、真実《しんじつ》が口《くち》を開《ひら》いた。

「きみの考《かんが》えには賛成《さんせい》できない」

「え？」

レイアは、不思議《ふしぎ》そうに真実《しんじつ》を見返《みかえ》し、「ま〜たまた、パイセーン」と笑《わら》いながら言《い》った。

そんなレイアを、真実《しんじつ》はじっと見《み》つめ、穏《おだ》やかな口調《くちょう》で諭《さと》しはじめる。

「ＡＩ《エーアイ》に、善悪《ぜんあく》を判断《はんだん》する能力《のうりょく》はない。ＡＩ《エーアイ》を使《つか》って、夢《ゆめ》のような未来《みらい》を築《きず》けるかどうかは、すべて人間次第《にんげんしだい》だ。ただの道具《どうぐ》にすぎないＡＩ《エーアイ》に、人間《にんげん》が支配《しはい》されるようなことがあったとしたら……それこそ本末転倒《ほんまつてんとう》ってものさ」

この瞬間《しゅんかん》、レイアの顔《かお》から笑《え》みが消《き》えた。

そして、しばし真《しん》実《じつ》の顔《かお》を無言《むごん》で見《み》つめたあと、肩《かた》をすくめながら言《い》い放《はな》った。

「なんかがっかりだにゅ。真実《しんじつ》パイセンほどの人《ひと》が、そんなつまらないこと言《い》うなんて。パイセンのこと、ちょっと気《き》になるって思《おも》ってたけど……あ～あ、ゲンメツだにゅ」

言《い》いたいことだけを口《くち》にして、レイアはその場《ば》を去《さ》っていった。

そこに、「お待《ま》たせ」と美希《みき》がやってきた。

「遅《おく》れてごめ～ん。さっそく我《わ》が家《や》に案内《あんない》するね。ウチは今《いま》、すごいことになってるんだから。見《み》たら驚《おどろ》くわよ～！」

美希《みき》は、はしゃいだようすでまくしたてると、健太《けんた》と真実《しんじつ》をうながし、クロノスタウンの出口《でぐち》へと向《む》かっていった。


「あら、健太《けんた》くん、いらっしゃい」

美希《みき》の家《いえ》に到着《とうちゃく》すると、玄関《げんかん》で、飼《か》い猫《ねこ》のマーゴを抱《だ》いた美希《みき》のお母《かあ》さんが、3人《にん》を出迎《でむか》えた。

「真実《しんじつ》くんも来《き》てくれたのね～。ささ、どうぞ上《あ》がって上《あ》がって」

美希《みき》のお母《かあ》さんは、ごきげんなようすで、真実《しんじつ》たちを居間《いま》へと案内《あんない》する。

すると、居間《いま》に入《はい》るなり、美希《みき》が言《い》った。

「ゼウスピーカー、リビングの明《あ》かりをつけて」

「はい、明《あ》かりをつけまス」

何者《なにもの》かが答《こた》える。次《つぎ》の瞬間《しゅんかん》、ひとりでに明《あ》かりがついた。

「え……何《なに》、今《いま》の？」

健太《けんた》は驚《おどろ》いてたずねた。すると、美希《みき》は、いたずらっぽくほほえんで、さらに言《い》った。

「ゼウスピーカー、ピアノの演奏《えんそう》が聴《き》きたい。何《なに》か弾《ひ》いて」

「はい、ピアノを演奏《えんそう》しまス」

声《こえ》が答《こた》えると同時《どうじ》に、ピアノの自動演奏《じどうえんそう》が始《はじ》まる。健太《けんた》は、目《め》を丸《まる》くした。

「美希《みき》ちゃんち、いったいどうなってるの？」

「実《じつ》はね、新聞記者《しんぶんきしゃ》をしているうちのパパが、クロノス社《しゃ》に体験取材《たいけんしゅざい》の交渉《こうしょう》をしたら、うちをＩｏＴ《アイオーティー》ハウスに改造《かいぞう》してくれたの」

「**あいおーてぃーはうす？**」

「あらゆる家電《かでん》が、インターネットにつながった家《いえ》のことさ」

真実《しんじつ》は、居間《いま》のテーブルに置《お》かれた黒《くろ》い筒《つつ》のような機器《きき》を指《ゆび》さし、解説《かいせつ》を始《はじ》めた。

ＩｏＴ《アイオーティー》
Internet of Things《インターネットオブシングス》の略《りゃく》で、「モノのインターネット」という意味《いみ》。あらゆるものが、インターネットに接続《せつぞく》され、モノ同士《どうし》が情報《じょうほう》をやりとりするしくみのこと。

「これはスマートスピーカーと呼《よ》ばれるもので、すべての家電《かでん》がこのスピーカーにつながっている。美希《みき》さんが『ゼウスピーカー』と呼《よ》んでいるこの機器《きき》に命《めい》じれば、内蔵《ないぞう》されたマイクが音声《おんせい》を認識《にんしき》して、命令《めいれい》されたことを自動的《じどうてき》に実行《じっこう》するんだ」

すると、美希《みき》が横《よこ》から自慢《じまん》げに言《い》う。

「家《いえ》の温度《おんど》や湿度《しつど》も管理《かんり》してくれるの。でも、それだけじゃないわ。ゼウスピーカー、わたしたちを南《みなみ》の島《しま》に連《つ》れていって！」

美希《みき》が言《い》うと、ブラインドがすると上《あ》がり、なんと窓《まど》の外《そと》に南国《なんごく》

の海辺《うみべ》の景色《けしき》が現《あらわ》れたのだ。

家《いえ》の中《なか》は暖《あたた》かくなり、ザザーンと波《なみ》の音《おと》も聞《き》こえはじめた。

「うわあ、海《うみ》の匂《にお》いのする風《かぜ》！　もしかして家《いえ》が丸《まる》ごと瞬間《しゅんかん》移動《いどう》したの!?」

驚《おどろ》く健太《けんた》に、美希《みき》は笑《わら》いながら言《い》う。

「バカね。そんなわけないでしょ」

よく見《み》ると、窓《まど》と思《おも》われたものは液晶《えきしょう》画面《がめん》で、そこに海辺《うみべ》の景色《けしき》の映像《えいぞう》が映《うつ》っているのだった。

「ゼウスピーカーに、どこかへ行《い》きたいって頼《たの》むと、その場《ば》に行《い》った気分《きぶん》になれる映《えい》像《ぞう》や音《おと》を流《なが》してくれて、部屋《へや》の空気《くうき》も変《か》え

てくれるのよ」

「なるほど……そういうことか。でも、それにしたって、すごいよね」

健太《けんた》はしきりに感心《かんしん》していた。

そのとき、美希《みき》のお母《かあ》さんが口《くち》を開《ひら》いた。

「健太《けんた》くん、真実《しんじつ》くん、おなかすいたでしょ？　今《いま》、何《なに》かつくらせるわね」

お母《かあ》さんは、ゼウスピーカーに向《む》き直《なお》ると、こうたずねた。

「ゼウスピーカー、おやつが食《た》べたいわ。何《なに》かできるかしら？」

すると、ゼウスピーカーは、冷蔵庫《れいぞうこ》の中《なか》に設置《せっち》されたカメラで材料《ざいりょう》を確認《かくにん》し、こう答《こた》えてきた。

「はい、ホットケーキがつくれまス」

「ここからは、シェフゼウスの出番《でばん》ね。真実《しんじつ》くん、健太《けんた》くん、いいものを見《み》せてあげる。一緒《いっしょ》に来《き》て」

美希《みき》にうながされて、真実《しんじつ》と健太《けんた》は、キッチンへと向《む》かう。

キッチンには、８００万円《まんえん》もするという調理《ちょうり》ロボット「シェフゼウス」が置《お》かれていた。

郵 便 は が き

おそれいりますが
切手をお貼り
下さい

104-8011

朝日新聞出版　生活・文化編集部
ジュニア部門　係

お名前《なまえ》			ペンネーム	※本名《ほんみょう》でも可《か》	
ご住所《じゅうしょ》	〒				
Eメール					
学年《がくねん》	年《ねん》	年齢《ねんれい》	才《さい》	性別《せいべつ》	
好《す》きな本《ほん》					

※ご提供《ていきょう》いただいた情報《じょうほう》は、個人情報《こじんじょうほう》を含《ふく》まない統計的《とうけいてき》な資料《しりょう》の作成等《さくせいなど》に使用《しよう》いたします。その他《た》の利用《りよう》について詳《くわ》しくは、当社《とうしゃ》ホームページ https://publications.asahi.com/company/privacy/ をご覧下《らんくだ》さい。

☆本《ほん》の感想《かんそう》、似顔絵《にがおえ》など、好《す》きなことを書《か》いてね！

ご感想《かんそう》を広告《こうこく》、書籍《しょせき》の PR に使用《しよう》させていただいてもよろしいでしょうか？

1．実名《じつめい》で可《か》　　2．匿名《とくめい》で可《か》　　3．不可《ふか》クロノス社《しゃ》から「取材《しゅざい》のあいだだけ」と、期間限定《きかんげんてい》で貸《か》し出《だ》されたものだという。

シェフゼウスは、人間《にんげん》の手《て》のような2本《ほん》のアームと、箱形《はこがた》の胴体《どうたい》、車輪《しゃりん》の足《あし》を持《も》つロボットだ。キッチンの中《なか》を移動《いどう》しながら、その手《て》で器用《きよう》に卵《たまご》を割《わ》り、材料《ざいりょう》をかき混《ま》ぜ、フライパンを使用《しよう》し、ホットケーキを手際《てぎわ》よくつくっていく。

健太《けんた》は、あっけに取《と》られながら、そのようすに見入《みい》った。

「すごい！　まるで人間《にんげん》の動《うご》きみたいだ……」

「シェフゼウスのつくる料理《りょうり》は、とってもおいしいのよ」

美希《みき》は、はしゃいだようすで言《い》った。


ホットケーキが焼《や》き上《あ》がる。居間《いま》のテーブルには美希《みき》のお母《かあ》さんがいれてくれた紅茶《こうちゃ》も並《なら》び、おやつタイムとなった。

「うん、このホットケーキ、めちゃくちゃおいしい！」

健太《けんた》がほおをふくらませながら言《い》うと、かたわらで真実《しんじつ》もほほえみながらつぶやく。

「紅茶《こうちゃ》もとてもいい香《かお》りだ。……この香《かお》り、ベルガモットですね」

「さすがは真実《しんじつ》くん。違《ちが》いがわかるのね。このあいだカタログで注文《ちゅうもん》した、イギリスの有名《ゆうめい》ブランドのアールグレイよ。ゼウスにすすめられたの」

美希《みき》のお母《かあ》さんが答《こた》える。

アールグレイ
ベルガモットというミカンのなかまの香《かお》りをつけた紅茶《こうちゃ》。アイスティーやミルクティーにも向《む》いている。

すると、美希《みき》が、「ほんと、ツボを心得《こころえ》てるのよね～」と身《み》を乗《の》り出《だ》してきた。

「このあいだなんか、クロノスの通販《つうはん》で服《ふく》を見《み》ていたら、リチャードがおすすめの服《ふく》をいろいろ見《み》せてきて……それがどんぴしゃ、わたし好《ごの》みだったから、もうビックリよ！」

聞《き》けば、美希《みき》の家《いえ》にも最近《さいきん》、セールスや勧誘《かんゆう》、営業《えいぎょう》の電話《でんわ》やダイレクトメールがひっきりなしに来《く》るのだという。

真実《しんじつ》が言《い》っていた個人情報《こじんじょうほう》のことを思《おも》い出《だ》し、健《けん》太《た》は心配《しんぱい》になった。

「美希《みき》ちゃん、それは……」

健太《けんた》が言《い》いかけたとき、飼《か》い猫《ねこ》のマーゴが、突然《とつぜん》、あらぬ方向《ほうこう》を向《む》いて、「ふう」とうなり声《ごえ》を上《あ》げた。そして

急《きゅう》に落《お》ち着《つ》きのないようすを見《み》せはじめる。

「どうしたの、マーゴ?」

何《なに》かにおびえたようすのマーゴを見《み》て、美希《みき》は驚《おどろ》いた。

すると、突然《とつぜん》、何《なん》の前触《まえぶ》れもなく、ゼウスピーカーがしゃべりはじめた。

「はい、承《うけたまわ》りましタ。仏壇《ぶつだん》1基《き》、注文《ちゅうもん》いたしまス」

「えっ、そんなの注文《ちゅうもん》してないわよ!?」

美希《みき》のお母《かあ》さんは、あわてて自分《じぶん》のタブレットを確認《かくにん》する。見《み》ると、仏壇《ぶつだん》がお母《かあ》さんの名《な》前《まえ》でクロノス社《しゃ》の通販《つうはん》サイトにしっかり注文《ちゅうもん》されていた。

「何《なに》よこれ!?」

お母《かあ》さんは、急《いそ》いで注文《ちゅうもん》を取《と》り消《け》した。ところが……。

「はい、線香《せんこう》5千本《せんぼん》、注文《ちゅうもん》いたしまス」

「はい、棺桶《かんおけ》4基《き》、注文《ちゅうもん》いたしまス」

「はい、骨壺《こつつぼ》4個《こ》、注文《ちゅうもん》いたしまス」

ゼウスピーカーは、次々《つぎつぎ》と注文《ちゅうもん》を繰《く》り返《かえ》す。しかも、そのすべてが縁起《えんぎ》の悪《わる》いものばかりだった。

「棺桶《かんおけ》4基《き》って、ここにいる人数《にんずう》と同《おな》じじゃない」

「誰《だれ》も何《なに》も言《い》ってないのにどうして!?」

美希《みき》とお母《かあ》さんが動揺《どうよう》するなか、ゼウスピーカーの暴走《ぼうそう》はなお続《つづ》いた。

「はい、居間《いま》の明《あ》かりを消《け》しまス」

明《あ》かりが突然《とつぜん》消《け》され、美希《みき》のお母《かあ》さんがあわてて叫《さけ》ぶ。

「やめて！　ゼウスピーカー、明《あ》かりをつけて！」

ゼウスピーカーは「はい」と命令《めいれい》に従《したが》い、明《あ》かりをつけるが、次《つぎ》の瞬間《しゅんかん》――。

「はい、居間《いま》の明《あ》かりを消《け》しまス」

また、明《あ》かりを消《け》してしまった。

「もういや！」

「いったいどうなってるの⁉」
一同《いちどう》がパニックになるなか、
マーゴは全身《ぜんしん》の毛《け》を逆立《さかだ》てて鳴《な》き続《つづ》けている。
「はい、ピアノの演奏《えんそう》を始《はじ》めまス」
今度《こんど》は、ピアノが不気味《ぶきみ》な
葬送行進曲《そうそうこうしんきょく》を自動演奏《じどうえんそう》で
かなではじめた。
「はい、ワンダーリング・
デッドの34話《わ》を映《うつ》しまス」
液晶画面《えきしょうがめん》には、南《みなみ》の島《しま》の
映像《えいぞう》に代《か》わって、ゾンビもの
の海外《かいがい》ドラマが映《うつ》し出《だ》された。

「うわああっ!」

画面《がめん》を背《せ》にしていた健太《けんた》は、突然《とつぜん》、背後《はいご》に現《あらわ》れたゾンビの姿《すがた》を見《み》て、気絶《きぜつ》しそうになる。

「こ……怖《こわ》いよ。美希《みき》ちゃん、なんとかして！」

「ゼウスピーカーの電源《でんげん》を切《き》るんだ」

真実《しんじつ》が即座《そくざ》に言《い》った。

「それが……わたしたちが電源《でんげん》を切《き》ることはできないのよ」

「だったらブレーカーを落《お》とすしかない」

真実《しんじつ》は、冷静《れいせい》な声《こえ》で告《つ》げる。

美希《みき》はうなずき、廊下《ろうか》にあるブレーカーのところへ行《い》こうとした。

ところが！

「はい、居間《いま》の扉《とびら》をロックしまス」

ゼウスピーカーが、先回《さきまわ》りして、廊下《ろうか》に出《で》る居間《いま》の扉《とびら》に鍵《かぎ》をかけてしまった。

「ちょっと！　開《あ》けてよ！　開《あ》けてったら！」

美希《みき》は、恐怖《きょうふ》に駆《か》られながら、ガチャガチャとドアノブを回《まわ》す。

「落《お》ち着《つ》くんだ、美希《みき》さん。確《たし》かキッチンに行《い》けば、そこから廊下《ろうか》に出《で》られたよね」

真実《しんじつ》が言《い》うと、美希《みき》のお母《かあ》さんが、あわててうなずいた。

「え、ええ……そうだったわね。美希《みき》、お母《かあ》さんが行《い》くわ」

お母《かあ》さんは、引《ひ》き戸《ど》を開《あ》け、キッチンに出《で》る。だが次《つぎ》の瞬間《しゅんかん》――。

「**はい、千切《せんぎ》りを始《はじ》めまス**」

ゼウスピーカーの声《こえ》がして、キッチンからは、お母《かあ》さんの悲鳴《ひめい》が聞《き》こえてきた。

真実《しんじつ》、健太《けんた》、美希《みき》の３人《にん》が、あわててキッチンに駆《か》けつけると、そこには、包丁《ほうちょう》を振《ふ》りかざしたシェフゼウスの姿《すがた》があった。

「**はい、千切《せんぎ》りを始《はじ》めまス**」

ゼウスピーカーがしゃべる。その声《こえ》に呼応《こおう》して、包丁《ほうちょう》を手《て》にしたシェフゼウスは、その場《ば》にうずくまっている美希《みき》のお母《かあ》さんに迫《せま》っていく。

「ママ、しっかりして！」

3人《にん》は、美希《みき》のお母《かあ》さんを助《たす》け起《お》こすと、居間《いま》に逃《に》げ込《こ》み、引《ひ》き戸《ど》をぴしゃりと閉《し》める。

引《ひ》き戸《ど》のすりガラス越《ご》しに、キッチンをうろつくシェフゼウスの影《かげ》が見《み》えた。

「**はい、千切《せんぎ》りを始《はじ》めまス。はい、千切《せんぎ》りを始《はじ》めまス**」

どすっ！　ばすっ！

キッチンから不気味《ぶきみ》な音《おと》が聞《き》こえてきたのは、そのときだった。それは、何《なに》かを突《つ》き刺《さ》すような音《おと》だった。

おそるおそるキッチンをのぞいた一同《いちどう》は、そこで繰《く》り広《ひろ》げられているおぞましい光景《こうけい》にぞっとし、すくみ上《あ》がる。

どすっ！　ばすっ！

なんと、シェフゼウスは、ダイニングテーブルにあったウサギのぬいぐるみを包丁《ほうちょう》で何度《なんど》も突《つ》き刺《さ》し、切《き》り刻《きざ》んでいたのだった！

「いやあああっ!!」

美希《みき》は悲鳴《ひめい》をあげ、その場《ば》にしゃがみ込《こ》む。

「うちの家電《かでん》がこんなふうになるなんて……。きっとAI《エーアイ》が、人間《にんげん》のような意思《いし》を持《も》って、暴走《ぼうそう》したんだわ！　わたしたち、この家《いえ》に殺《ころ》される！」

健太《けんた》も美希《みき》のお母《かあ》さんも、真《ま》っ青《さお》な顔《かお》で、もはや声《こえ》を発《はっ》することもできなかった。

マーゴは、相変《あいか》わらず毛《け》を逆立《さかだ》てて「ふう」とうなり声《ごえ》をあげている。

真実《しんじつ》は、ちらりとマーゴのほうを見《み》て、冷静《れいせい》な顔《かお》でつぶやいた。

「この世《よ》に科学《かがく》で解《と》けないナゾはない。この現象《げんしょう》は、おそらく誰《だれ》かが、ある手段《しゅだん》を使《つか》って、ゼウスピーカーに命《めい》じ、引《ひ》き起《お》こしたものだ。その方法《ほうほう》とは……」

ネコだけは
何《なに》かに気《き》づいていた
ようだね。

解《かい》決《けつ》編《へん》

「健太《けんた》くん、きみのゼウスに頼《たの》んで、この家《いえ》で発生《はっせい》している超音波《ちょうおんぱ》を検《けん》査《さ》してもらってくれないか」

真実《しんじつ》は、健太《けんた》に言《い》った。

「え？　超音波《ちょうおんぱ》!?　ナナミちゃん、超音波《ちょうおんぱ》も検知《けんち》できるの？」

「ハイ、ワタシたちゼウスは、災害時《さいがいじ》などに備《そな》えて超音波《ちょうおんぱ》でやりとりできる機能《きのう》が備《そな》わっていまス」

ナナミは答《こた》え、検査《けんさ》を始《はじ》める。結果《けっか》はすぐに出《で》た。

「超音波《ちょうおんぱ》を検知《けんち》しましタ」

すると、真実《しんじつ》はさらに言《い》った。

「では、その超音波《ちょうおんぱ》と逆位相《ぎゃくいそう》の超音波《ちょうおんぱ》を出《だ》してくれないか」

「逆位相《ぎゃくいそう》の超音波《ちょうおんぱ》ですネ。かしこまりましタ」

ナナミは、命令《めいれい》を実行《じっこう》する。

しばらくすると、ぬいぐるみを切《き》り刻《きざ》んでいたシェフゼウスが、その動《うご》きを止《と》めた。マーゴも鳴《な》くのをやめ、落《お》ち着《つ》いたようすを見《み》せる。ゼ

超音波《ちょうおんぱ》と周波数《しゅうはすう》
音《おと》は空気中《くうきちゅう》を波《なみ》のように震《ふる》えて伝《つた》わっていく。1秒間《びょうかん》にその波《なみ》の周期《しゅうき》が繰《く》り返《かえ》す回数《かいすう》を周波数《しゅうはすう》といい、その単位《たんい》をヘルツという。周波数《しゅうはすう》は、数《かず》が大《おお》きいほど高《こう》音《おん》になり、人間《にんげん》に聞《き》こえない高音《こうおん》を「超音波《ちょうおんぱ》」と呼《よ》ぶ。

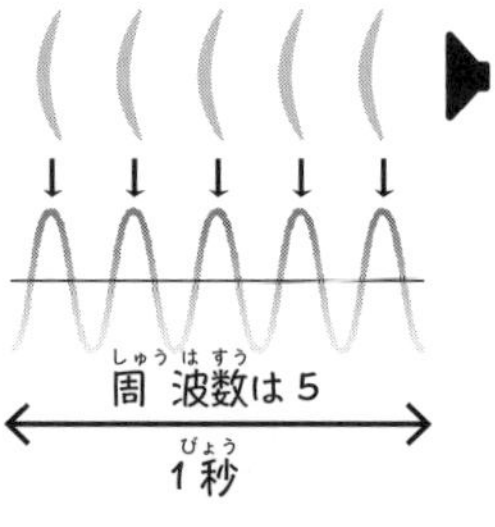

ウスピーカーも静《しず》かになり、青井家《あおいけ》に再《ふたた》び平和《へいわ》が訪《おとず》れた。

「はあ、よかった……」

美希《みき》のお母《かあ》さんは、胸《むね》をなでおろす。

「いったい今《いま》のは何《なん》だったの？」

美希《みき》は、真実《しんじつ》にたずねた。

「たった今《いま》、この家《いえ》で起《お》きたさまざまな現象《げんしょう》は、ドルフィンアタックによるものだよ」

「ドルフィンアタック？」

キョトンとする美希《みき》に、真実《しんじつ》は解説《かいせつ》する。

「人間《にんげん》には聞《き》こえないレベルの周波数《しゅうはすう》——すなわち、超音波《ちょうおんぱ》を使《つか》ってスマートスピーカーに命令《めいれい》し、

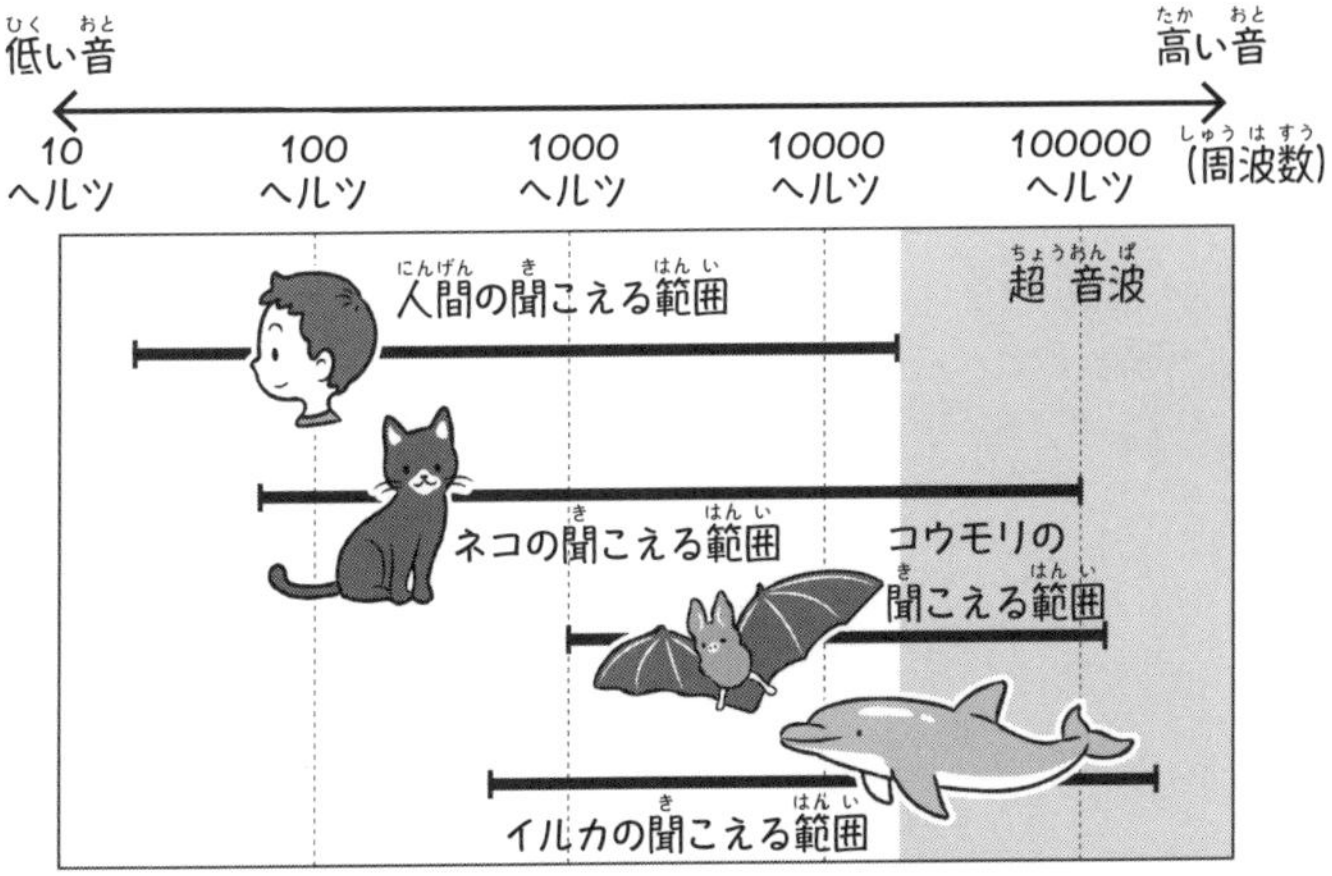

これを操《あやつ》ったんだ。イルカが超音波《ちょうおんぱ》を出《だ》してエサを探《さが》すことは知《し》られているよね？」

「ああ、そうか。イルカだからドルフィン、アタックは攻撃《こうげき》だから、そういうんだね」

　健太《けんた》は、納得《なっとく》したようにうなずく。真実《しんじつ》は続《つづ》けた。

「人間《にんげん》には聞《き》こえない超音波《ちょうおんぱ》。しかしそれを聞《き》き取《と》ることができる動物《どうぶつ》は、ほかにもいる。ネコにもこの音《おと》が聞《き》こえるんだ。そしてこの音《おと》は、ネコにとっては不快《ふかい》な音《おと》に聞《き》こえる」

「それでマーゴがおびえていたのね」

　美希《みき》も納得《なっとく》した。

「それはそうと真実《しんじつ》くん、さっき逆位相《ぎゃくいそう》がどうとかって言《い》ってたけど……あれは

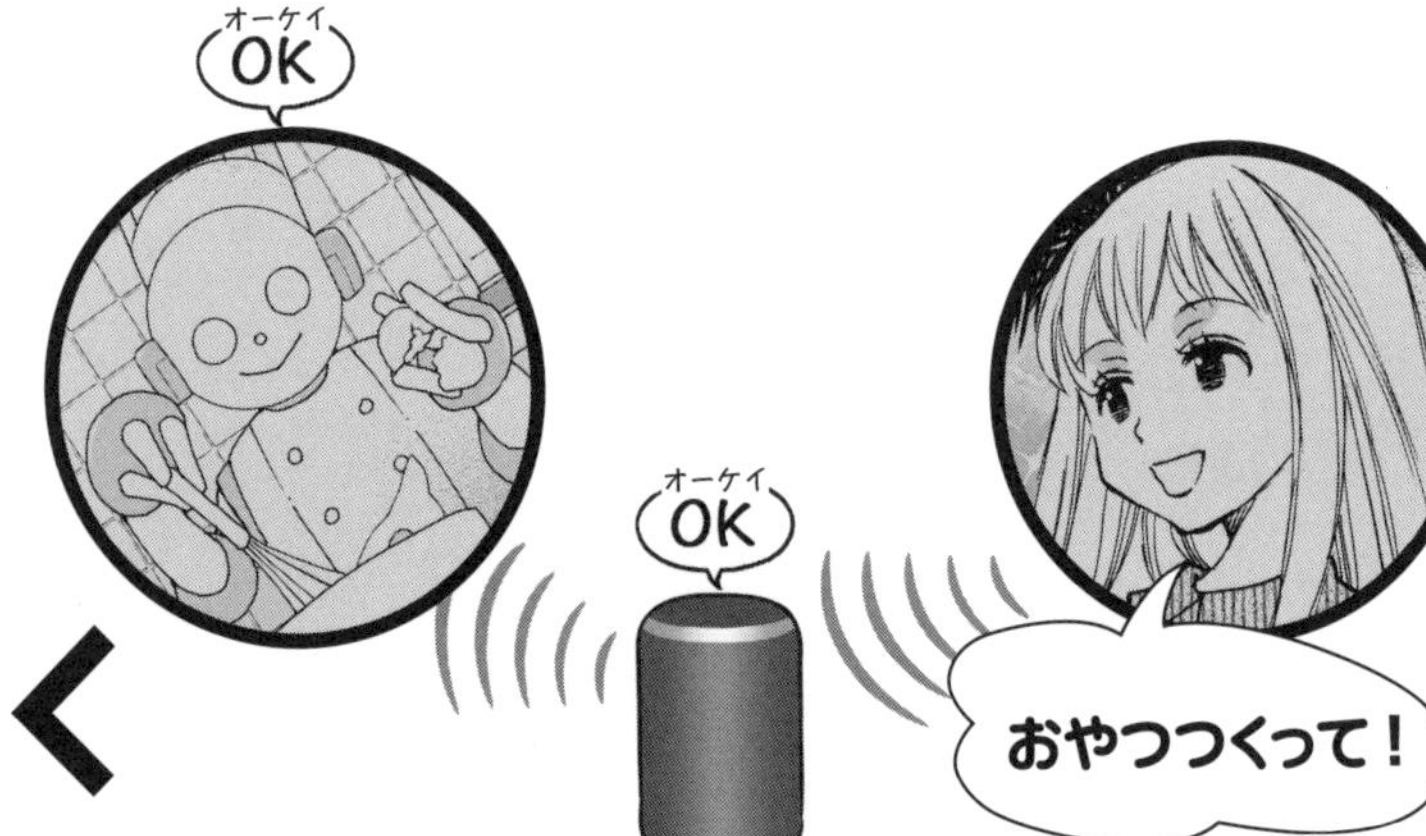

ゼウスピーカーは命令《めいれい》を音《おと》で聞《き》き取《と》って仕事《しごと》をしている

何《なん》なの？」

今度《こんど》は、美希《みき》のお母《かあ》さんがたずねた。

「『逆位相《ぎゃくいそう》の超音波《ちょうおんぱ》』とは……簡単《かんたん》に言《い》えば、『音《おと》を打《う》ち消《け》す音《おと》』です。音波《おんぱ》や電波《でんぱ》など、山《やま》と谷《たに》を繰《く》り返《かえ》す波形《はけい》に、それとは逆《ぎゃく》の波形《はけい》をぶつけると、互《たが》いに打《う》ち消《け》し合《あ》うんです」

「つまり、ナナミちゃんが出《だ》した逆位相《ぎゃくいそう》の超音波《ちょうおんぱ》が、ゼウスピーカーを操《あやつ》っている超音波《ちょうおんぱ》を打《う》ち消《け》したから、美希《みき》ちゃんちの家電《かでん》の暴走《ぼうそう》が止《と》まったってことなんだね」

健太《けんた》は、ようやく理解《りかい》し

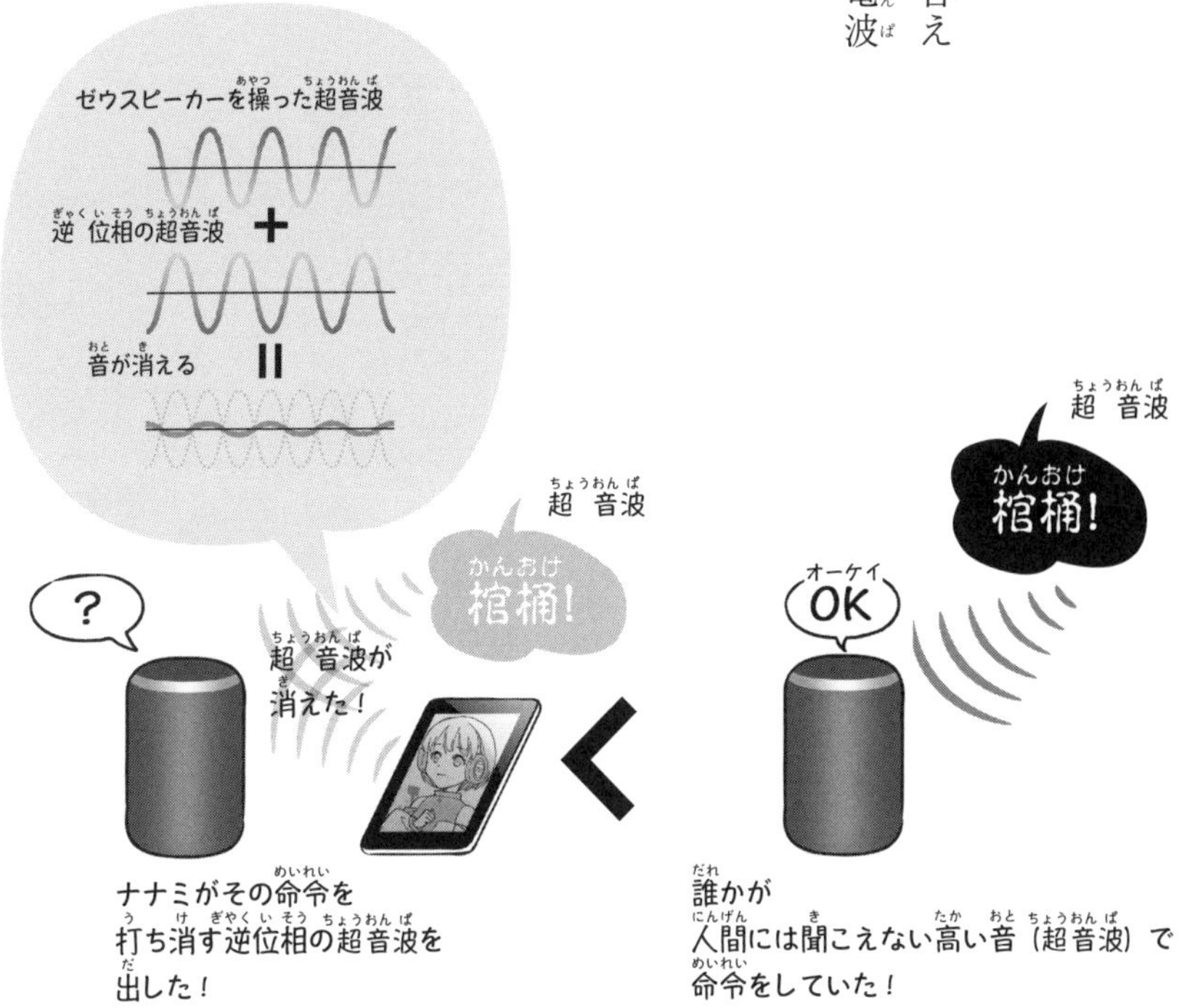

た。

「けど、そもそもゼウスピーカーを操《あやつ》った超音波《ちょうおんぱ》は、どこから出《で》ていたの？」

青井家《あおいけ》の家電《かでん》を暴走《ぼうそう》させた相手《あいて》のことが、健太《けんた》は気《き》になった。

「それは……おそらくみんなが持《も》っている、ゼウスの入《はい》ったタブレットのどれかだ」

真実《しんじつ》が答《こた》えると、「そのとおりでス」とナナミも言《い》った。

「先《さき》ほど発信源《はっしんげん》も検知《けんち》しましタ。超音波《ちょうおんぱ》を出《だ》していたのは、美希《みき》さんのゼウスでス」


「**ええっ!?**」


美希《みき》は驚《おどろ》き、「リチャード」と名《な》づけた自《みずか》らのゼウスに食《く》ってかかる。

「リチャード！　いったいどういうつもり!?」

「美希《みき》お嬢《じょう》さま！　じいは何《なに》もしておりませン！　お願《ねが》イ、信《しん》じてくださ

初期化《しょきか》
コンピューターやソフトの設定《せってい》を最初《さいしょ》の状態《じょうたい》に戻《もど》すこと。これまでの記録《きろく》などは、消《き》えてしまう。

イ！」

「とぼけるのね!?　いいわよ、あんたなんか初期化《しょきか》してやるから！」

「わーっ！　お……おやめくださイ。ご無体《むたい》ナ！」

自分《じぶん》のゼウスと言《い》い争《あらそ》う美希《みき》を、真実《しんじつ》はなだめた。

「美希《みき》さん、そのゼウスのせいじゃない。悪意《あくい》を持《も》った誰《だれ》かが、きみのタブレットを外《そと》から操《あやつ》って、ドルフィンアタックをさせたんだ」

「悪意《あくい》を持《も》った誰《だれ》かが、わたしのゼウスを？　いったい誰《だれ》がそんなことを……」

「これは、相当《そうとう》な技術《ぎじゅつ》がないとできないことだ。ぼくは、正体《しょうたい》を突《つ》き止《と》めたいと思《おも》う」

真実《しんじつ》はそう言《い》うと、何《なに》かを決意《けつい》した目《め》で立《た》ち上《あ》がった。

「待《ま》って、ぼくも行《い》くよ」

健太《けんた》も言《い》い、真実《しんじつ》についていく。しかし玄関《げんかん》を出《で》た瞬間《しゅんかん》、ふたりは足《あし》を止《と》めた。

門《もん》の前《まえ》に、マジメスギをはじめとする、町《まち》の人々《ひとびと》が集結《しゅうけつ》していたのだ。

人々《ひとびと》は皆《みな》、タブレットを手《て》にし、何《なに》かに操《あやつ》られているような、うつろな表情《ひょうじょう》をしている。

「謎野《なぞの》くん、
キミが卑劣《ひれつ》な犯罪者《はんざいしゃ》だったとは驚《おどろ》きましたよ！」

マジメスギが叫《さけ》んだ。

「……え？　どういうことだい？」

「とぼけてもムダですよ！　ここにその証拠《しょうこ》があります！」
マジメスギは、真実《しんじつ》に、手《て》にしたタブレットの画面《がめん》を見《み》せた。

そこには、真実《しんじつ》がクロノス社《しゃ》に侵入《しんにゅう》する動画《どうが》が映《うつ》っている。動画《どうが》にかぶせて、社長《しゃちょう》の円城《えんじょう》の声《こえ》が告《つ》げた。

「スーパーゼウスに自家発電《じかはつでん》の電力《でんりょく》を供給《きょうきゅう》するプログラムソフトが盗《ぬす》まれました。犯人《はんにん》は、今《いま》、画面《がめん》に映《うつ》っているこの少年《しょうねん》、謎野真実《なぞのしんじつ》です。このままだと、あと3日《みっか》でシステムがダウンし、みなさんのゼウスが使《つか》えなくなってしまいます。謎野真実《なぞのしんじつ》を捕《つか》まえた人《ひと》には懸賞金《けんしょうきん》を差《さ》し上《あ》げます」

「……なるほどね」

動画《どうが》を見《み》て、真実《しんじつ》はうなずく。すべては、自分《じぶん》に向《む》けられたわなだったと気《き》づいたのだ。ドルフィンアタックで青井家《あおいけ》の家電《かでん》を暴走《ぼうそう》させたのも、何者《なにもの》かが自分《じぶん》を家《いえ》から出《だ》さないようにして、時間稼《じかんかせ》ぎをするための手段《しゅだん》だった。

真実《しんじつ》は、淡々《たんたん》とした口調《くちょう》でマジメスギに言《い》う。

「ぼくは、そんなことはしていない。第一《だいいち》、ソフトを盗《ぬす》んでシステムをダウンさせるなんて、現実味《げんじつみ》のない話《はなし》だと思《おも》わないか？」

しかしマジメスギも、町《まち》の人々《ひとびと》も、聞《き》く耳《みみ》を持《も》たなかった。

「ゼウスが言《い》っていることに間違《まちが》いはないのです！」

「そうとも！　ゼウスの言《い》うことは、すべて正《ただ》しい！」

人々《ひとびと》は門《もん》を開《あ》け、真実《しんじつ》を捕《つか》まえようと、迫《せま》ってきた。

そのとき、真実《しんじつ》の前《まえ》に、健太《けんた》がすっくと立《た》ちはだかる。

「真実《しんじつ》くんがそんなことするはずない！　これはフェイク動画《どうが》だ！」

健太《けんた》は、町《まち》の人々《ひとびと》に体当《たいあ》たりをして、「真実《しんじつ》くん、逃《に》げて！」と叫《さけ》んだ。

すると、美希《みき》も家《いえ》から出《で》てきて、庭《にわ》のホースで水《みず》をまき、マジメスギたちを撃退《げきたい》しはじめた。

「健太《けんた》くん、早《はや》く真実《しんじつ》くんを助《たす》けにいって！」

美希《みき》が叫《さけ》ぶ。

「ありがとう、美希《みき》ちゃん！」

健太《けんた》は答《こた》え、走《はし》りだす。そして真実《しんじつ》のあとを追《お》いかけていくのだった。

3

SCIENCE TRICK DATA FILE

科学《かがく》トリック データファイル

「音《おと》が消《き》える！」不思議《ふしぎ》な技術《ぎじゅつ》

3章《しょう》で紹介《しょうかい》したドルフィンアタックと同《おな》じように、人間《にんげん》に聞《き》こえる音《おと》も、逆位相《ぎゃくいそう》の音波《おんぱ》を使《つか》って消《け》すことができます。

実際《じっさい》にこの技術《ぎじゅつ》は、わたしたちの身《み》のまわりで使《つか》われています。うるさい場所《ばしょ》でも音楽《おんがく》を聴《き》きやすくする「ノイズキャンセリングヘッドホン」は、その代表例《だいひょうれい》です。

また、この技術《ぎじゅつ》は救急車《きゅうきゅうしゃ》の車内《しゃない》にサイレンの音《おと》を響《ひび》かせないためや、飛行機《ひこうき》の客席《きゃくせき》に響《ひび》くエンジン音《おん》を軽減《けいげん》するためにも利用《りよう》されています。

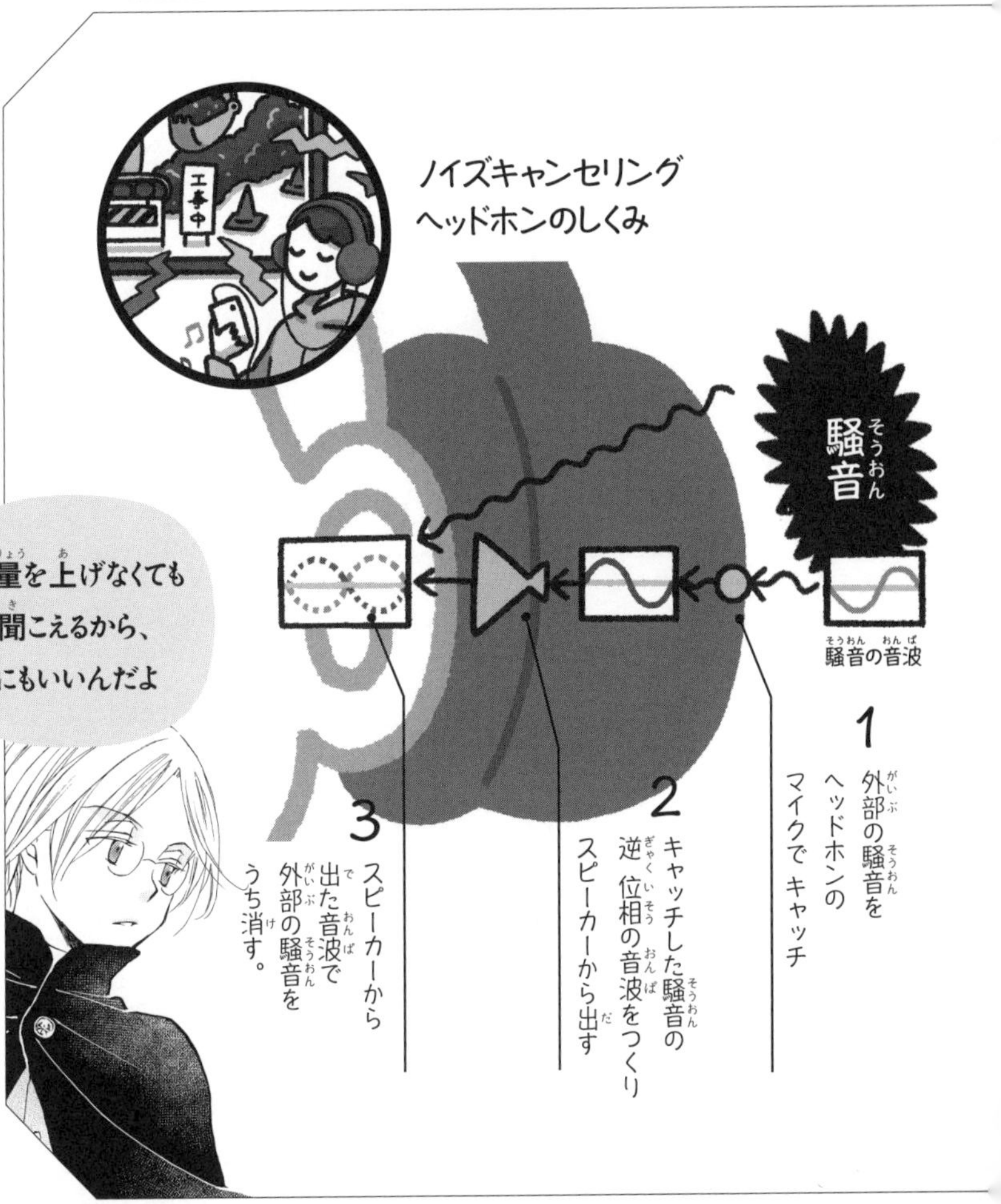

工事中
ノイズキャンセリング
ヘッドホンのしくみ
騒音《そうおん》
騒音《そうおん》の音波《おんぱ》
1 外部《がいぶ》の騒音《そうおん》をヘッドホンのマイクでキャッチ
2 キャッチした騒音《そうおん》の逆位相《ぎゃくいそう》の音波《おんぱ》をつくりスピーカーから出《だ》す
3 スピーカーから出《で》た音波《おんぱ》で外部《がいぶ》の騒音《そうおん》をうち消《け》す。
音量《おんりょう》を上《あ》げなくても
よく聞《き》こえるから、
耳《みみ》にもいいんだよ

暴走《ぼうそう》するAI《エーアイ》［前編《ぜんぺん》］4

必死《ひっし》の逃亡者《とうぼうしゃ》

美希《みき》の家《いえ》から飛《と》び出《だ》した真実《しんじつ》と健太《けんた》は、道路《どうろ》を走《はし》り続《つづ》けていた。

「真実《しんじつ》くんが、指名手配《しめいてはい》されちゃうなんて！」

健太《けんた》はタブレットを見《み》る。画面《がめん》には、真実《しんじつ》の顔写真《かおじゃしん》とともに、捕《つか》まえると「懸賞金《けんしょうきん》100万円《まんえん》」がもらえることが書《か》かれていた。

「これじゃあ、みんなが真実《しんじつ》くんを捕《つか》まえようとするよ！　真実《しんじつ》くん、警察《けいさつ》に行《い》って守《まも》ってもらったほうがいいよ！」

「いや、おそらくこの町《まち》の警察内部《けいさつないぶ》のAI《エーアイ》も、ホストAI《エーアイ》のスーパーゼウスに管理《かんり》されているだろう。今《いま》、警察《けいさつ》に行《い》くのは危険《きけん》だ。健太《けんた》くんは、ぼくから離《はな》れたほうがいい」

「だめだよ！　ぼくは真実《しんじつ》くんと一緒《いっしょ》にいる！」

やがて、大《おお》きな交差点《こうさてん》までやってくると、健太《けんた》はナナミに話《はな》しかけた。

「ねえ、ナナミちゃん。どこか隠《かく》れることができる場所《ばしょ》を探《さが》して」

「ハイ」

ナナミが検索《けんさく》しようとしたとき、真実《しんじつ》が健太《けんた》のほうを見《み》た。

「**そのタブレットは置《お》いていくんだ**」

「どういうこと？」

「タブレットにはGPS《ジーピーエス》機能《きのう》がついている。ゼウスはホストAI《エーアイ》のスーパーゼウスとつながっているから、ぼくたちがどこにいるのかすぐにバレてしまうんだ」

「そんな！　だけど、ナナミちゃんを置《お》いてなんか行《い》けないよ。友達《ともだち》なんだよ」

「健太《けんた》くん、何度《なんど》も言《い》うけど、ゼウスはただのAI《エーアイ》だ。友達《ともだち》なんかじゃない」

「でも……」

健太《けんた》は反論《はんろん》しようと思《おも》ったが、言葉《ことば》が続《つづ》かなかった。

「健太《けんた》くん、早《はや》く！」

「……あ、うん」

健太《けんた》はタブレットを持《も》ったまま、道路《どうろ》わきの植《う》え込《こ》みのほうへと歩《ある》いていった。

「それでいいんだ。さあ、行《い》こう」

真実《しんじつ》は再《ふたた》び走《はし》りだそうとする。

そのとき、そばの建物《たてもの》のすきまから何《なに》かが現《あらわ》れた。

ブウゥゥンというプロペラ音《おん》を響《ひび》かせながら、1機《き》のドローンが飛《と》んできたのだ。

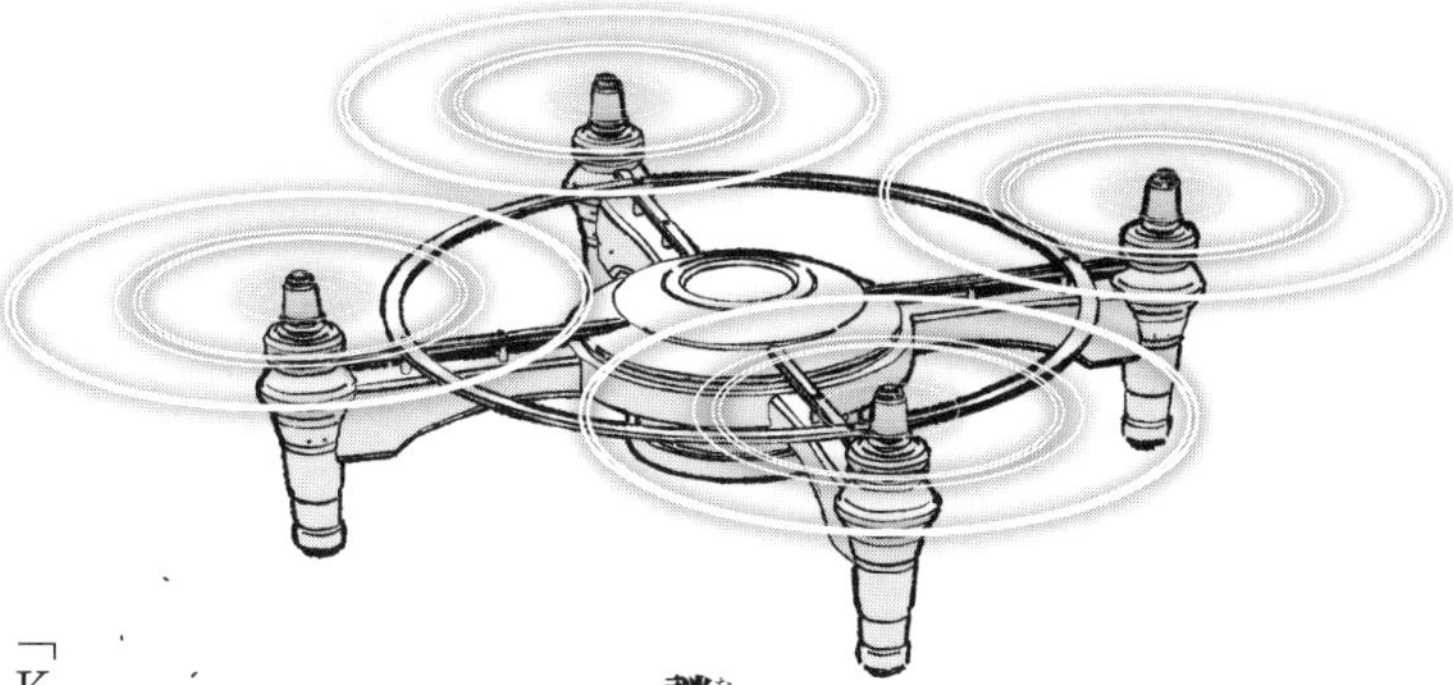

謎野《なぞの》真実《しんじつ》ヲ、発見《はっけん》シマシタ！

機《き》体《たい》にはカメラと小《ちい》さなノズルがついていて、
「Ｋｒｏｎｏｓ《クロノス》」というロゴが入《はい》っている。

警《けい》コク、警《けい》コク。オトナシク捕《つか》マラナケレバ、催涙《さいるい》ガスヲ放出《ほうしゅつ》シマス！

ドローンはノズルを真実《しんじつ》たちに向《む》けた。

「催涙《さいるい》ガス？　どうしよう!!」

「健太《けんた》くん、逃《に》げるぞ！」

真実《しんじつ》と健太《けんた》は、あわててその場《ば》から離《はな》れた。

ふたりは町《まち》の中《なか》を必死《ひっし》に逃《に》げ続《つづ》けた。

大《おお》きな道路《どうろ》から、細《ほそ》い路地《ろじ》に入《はい》り、また大《おお》きな道路《どうろ》に出《で》た。

しかし、ドローンはどこまでも追《お》いかけてきた。

「このままじゃ捕《つか》まっちゃうよ！」

大《おお》きな道路《どうろ》を走《はし》りながら、健太《けんた》はまわりを見《み》る。

今《いま》、ドローンは見《み》えていないが、ブウゥゥンというプロペラ音《おん》は聞《き》こえている。

このままではいずれ見《み》つかり、捕《つか》まってしまうだろう。

するとそのとき、前方《ぜんぽう》に駅《えき》が見《み》えてきた。

「そうだ。逃《に》げられる方法《ほうほう》がある」

「どういう方法《ほうほう》なの？」

「電車《でんしゃ》に乗《の》って、いったん違《ちが》う町《まち》へ行《い》くんだ。ＡＩ《エーアイ》モデル特区《とっく》に指定《してい》されているのは、花森町《はなもりちょう》だけだ。ドローンが飛《と》べるのもこの町《まち》の中《なか》だけのはずだ」

「そっか、違《ちが》う町《まち》へ行《い》けば、ドローンも追《お》ってこないってことだね！」

真実《しんじつ》たちは駅《えき》までたどりつくと、電子《でんし》カードを取《と》り出《だ》し自動改札《じどうかいさつ》を通《とお》り抜《ぬ》けようとした。

ブーブーブー！

だが、改札機《かいさつき》から警告音《けいこくおん》が鳴《な》りだし、扉《とびら》は開《ひら》かない。

「故障《こしょう》しちゃったの？」

「いや、これは……」

真実《しんじつ》が何《なに》かを言《い》おうとしたとき、健太《けんた》のバッグの中《なか》から声《こえ》がした。

「謎野《なぞの》サンの持《も》っている電子《でんし》カードは、ブラックリストに入《はい》っているようでス」

「この声《こえ》は!?」

真実《しんじつ》が健太《けんた》のバッグを開《あ》けると、植《う》え込《こ》みに置《お》いてきたはずのタブレットが入《はい》っていた。

「健太《けんた》くん、置《お》いてこなかったのかい？」

「ええっと、あの……、う、うん。だって、友達《ともだち》を置《お》き去《ざ》りになんかできないよ！」

健太《けんた》は真剣《しんけん》な表情《ひょうじょう》で真実《しんじつ》を見《み》た。

「健太《けんた》サン……」と、ナナミがつぶやく。

真実《しんじつ》は、そんな健太《けんた》をまじまじと見《み》つめた。

「まったく、きみというやつは……」

真実《しんじつ》の口元《くちもと》が、フッとゆるむ。

「ゼウス。ぼくのカードをブラックリストにしたのはホストＡＩ《エーアイ》なのかい？」

「ハイ。謎野《なぞの》サンたちをこの町《まち》から出《で》られないように、ホストＡＩ《エーアイ》のスーパーゼウスが操作《そうさ》をしましタ」

「きみのほうからそれを解除《かいじょ》したり、ドローンを止《と》めたりするのは不可能《ふかのう》なんだね？」

「ワタシたち末端《まったん》のゼウスは、そういう操作《そうさ》はできませン」

「そうか……」

真実《しんじつ》は口元《くちもと》に手《て》を当《あ》てて、何《なに》かを考《かんが》える。

一方《いっぽう》、健太《けんた》はポケットをまさぐり小銭《こぜに》を探《さが》すが、１１０円《えん》しか持《も》っていなかった。

「これじゃあ、となりの町《まち》まで行《い》けないよね」

切符《きっぷ》はとなり町《まち》の駅《えき》まで１２０円《えん》する。

「とにかく、ここにいたら危険《きけん》だ。移動《いどう》しよう」
真実《しんじつ》は健太《けんた》とともに駅《えき》から離《はな》れようとした。

ブウゥーン！

突然《とつぜん》、プロペラ音《おん》が響《ひび》いた。次《つぎ》の瞬間《しゅんかん》、真実《しんじつ》たちの目《め》の前《まえ》にドローンが飛《と》んできた。

警《けい》コク　警《けい》コク

ドローンはノズルを真実《しんじつ》たちのほうへ向《む》ける。

プシュ〜！

ノズルから、催涙《さいるい》ガスが発射《はっしゃ》された。

「逃《に》げろ！」

真実《しんじつ》は健太《けんた》の腕《うで》を引《ひ》っ張《ぱ》り、その場《ば》から離《はな》れた。
間一髪《かんいっぱつ》、ふたりは催涙《さいるい》ガスを浴《あ》びずにすんだ。
「ホントにガスを発射《はっしゃ》してきたよ！」
「それだけスーパーゼウスは本気《ほんき》で捕《つか》まえようとしているんだ！」

真実《しんじつ》たちは懸命《けんめい》に走《はし》り、駅前《えきまえ》の繁華街《はんかがい》まで逃《に》げる。

すると、前方《ぜんぽう》から何《なに》かが現《あらわ》れた。

新《あたら》しいドローンだ。

しかも1機《き》ではない。10機《き》ほどのドローンが、飛《と》びながら、催涙《さいるい》ガスのノズルを真実《しんじつ》たちのほうに向《む》けていた。

「こんなの逃《に》げられないよ！」

健太《けんた》はおびえた声《こえ》で叫《さけ》ぶと、その場《ば》に立《た》ちつくしてしまう。

しかし、真実《しんじつ》は冷静《れいせい》な表情《ひょうじょう》を崩《くず》すことなく、まわりを見回《みまわ》した。

「そうだ、あの方法《ほうほう》なら……。健太《けんた》くん、走《はし》るぞ！」

真実《しんじつ》は、繁華街《はんかがい》にあるオフィスビルのほうへ走《はし》った。

「えっ、あ、ちょっと、待《ま》って！」

健太《けんた》はわけもわからず、真実《しんじつ》のあとに続《つづ》く。

10機《き》ほどのドローンは、真実《しんじつ》たちを追《お》いかけた。

警《けい》コク　警《けい》コク

ドローンはだんだんふたりのそばに近《ちか》づいてくる。

「だめだ、やっぱり逃《に》げ切《き》れないよ！」

健太《けんた》が泣《な》きそうな声《こえ》をあげたそのとき、真実《しんじつ》が立《た》ち止《ど》まった。

「ここなら、だいじょうぶだ」

真実《しんじつ》は振《ふ》り返《かえ》ると、ドローンのほうを見《み》た。


「真実《しんじつ》くん、あぶないッ!!」

健太《けんた》が真実《しんじつ》のほうを見《み》て叫《さけ》んだ瞬間《しゅんかん》、うしろから突然《とつぜん》強《つよ》い風《かぜ》が吹《ふ》き抜《ぬ》けた。

「わっ!」


その風《かぜ》を受《う》け、ドローンが大《おお》きくバランスを崩《くず》し、よろめく。

そして、ドローン同士《どうし》がぶつかり、次々《つぎつぎ》と墜落《ついらく》していった。

「すごい! どうやったの?」

健太《けんた》が目《め》をぱちくりさせながらたずねると、真実《しんじつ》は「これだよ」と、うしろをチラリと見《み》た。

背後《はいご》には、オフィスビルがいくつも立《た》っていた。

「高《たか》いビルが立《た》っているところでは、『ビル風《かぜ》』が吹《ふ》くことがあるんだ」

ビル風《かぜ》
高《たか》いビルに吹《ふ》いた風《かぜ》が、ビルをよけて狭《せま》いところを通《とお》り抜《ぬ》けるときに、空気《くうき》の流《なが》れが集中《しゅうちゅう》し、より勢《いきお》いが強《つよ》まる現象《げんしょう》。
（『科学探偵《かがくたんてい》 vs.《ブイエス》 妖魔《ようま》の村《むら》』の17ページも見《み》よう）

「ビル風《かぜ》？　あっ、ハマセンが学校《がっこう》で足《あし》を切《き》ったときに言《い》ってたよね！」

以前《いぜん》、ハマセンはビル風《かぜ》に吹《ふ》かれた雑草《ざっそう》によって、足《あし》を切《き》ったことがあったのだ。

「高《たか》いビルに吹《ふ》いた風《かぜ》が、ビルをよけて狭《せま》いところを通《とお》り抜《ぬ》けるときに、強《つよ》い風《かぜ》が吹《ふ》く。その風《かぜ》をドローンにくらわせて、コントロールできなくしたんだ」

「そうなんだ！　さすが真実《しんじつ》くん！」

健太《けんた》は喜《よろこ》ぶが、真実《しんじつ》はなぜかけわしい表情《ひょうじょう》を浮《う》かべていた。

「どうしたの？」

「1度目《どめ》はうまくいったけど、同《おな》じ手《て》は通用《つうよう》しないはずだ」

「どういうこと？」

「謎野《なぞの》サンの言《い》うとおりでス。今《いま》の出来事《できごと》を学習《がくしゅう》し、ドローンはビル風《かぜ》が吹《ふ》いてもよけられるようになるのでス」

ナナミが冷静《れいせい》に答《こた》えた。

「じゃあ今《いま》のうちにどこかに隠《かく》れなきゃ！　――あっ！」

健太《けんた》は、近《ちか》くにあるスーパーマーケットのわきに、段《だん》ボールがいくつも積《つ》まれていることに気《き》づいた。

「あそこなら！」

健太《けんた》はあわてて段《だん》ボールのすきまに隠《かく》れる。

「真実《しんじつ》くんも早《はや》くこっちへ！」

「そんなところに隠《かく》れても意味《いみ》がない」

「そんなことないってば、早《はや》く！　ほらっ！」

健太《けんた》は必死《ひっし》に手招《てまね》きをする。真実《しんじつ》は何《なに》か言《い》いたそうだったが、そばに駆《か》け寄《よ》り、同《おな》じように身《み》を隠《かく》した。

一方《いっぽう》、ドローンは体勢《たいせい》を整《ととの》え、再《ふたた》び空《そら》を飛《と》びながら、真実《しんじつ》たちを捜《さが》しはじめた。

「ここに隠《かく》れていれば、だいじょうぶなはずだよ」

健太《けんた》はそう言《い》うが、真実《しんじつ》は小《ちい》さく首《くび》を横《よこ》に振《ふ》った。

「タブレットにはGPS《ジーピーエス》機能《きのう》がついていると言《い》っただろう。すぐにこの場所《ばしょ》も発見《はっけん》されるはずだ」

「ええええ!?」

だから真実《しんじつ》は「隠《かく》れても意味《いみ》がない」と言《い》ったのだ。

「だけど、ナナミちゃんは置《お》いていかないよ！」

「それはもうわかったよ」

だが、このままここにいてもいずれ見《み》つかってしまうだろう。

そのとき、真実《しんじつ》はスーパーを見《み》て、ハッとした。

「健太《けんた》くん、持《も》っている小銭《こぜに》で今《いま》すぐあれを買《か》ってくるんだ」

真実《しんじつ》はスーパーの店頭《てんとう》を指《ゆび》さす。

そこには、セール品《ひん》で１００円《えん》になっている「卵《たまご》」と「ラップ」と「アルミホイル」が積《つ》まれていた。

「あれを使《つか》えば、ドローンの追跡《ついせき》から逃《に》げることができる！」

「ええ？」

健太《けんた》は三《みっ》つの品物《しなもの》を見《み》つめる。

いったいどれをどう使《つか》えば、逃《に》げられるというのだろうか？

スーパーゼウスと
タブレットのつながりを
断《た》つんだ！

解《かい》決《けつ》編《へん》

「ねえ、どれを買《か》ってくればいいの？」

健太《けんた》は、真実《しんじつ》のほうを見《み》た。

「『アルミホイル』だ」

「アルミホイル？　アルミホイルでドローンが落《お》とせるの？」

「落《お》とすんじゃないよ」

「えっ？」

「とにかく急《いそ》いで。ぼくは指名手配《しめいてはい》されているから顔《かお》を見《み》られるのはまずいんだ」

「それはそうだけど……。ああ、もう！」

健太《けんた》はわけがわからないまま、店頭《てんとう》のアルミホイルをつかんで店《みせ》へ駆《か》け込《こ》み、購入《こうにゅう》すると、真実《しんじつ》のもとへ戻《もど》ってきた。

「こんなものどうするの？」

「こうするんだ」

真実《しんじつ》はアルミホイルを手《て》に取《と》ると、それを健太《けんた》のタブレットにぐるぐると巻《ま》き付《つ》け、完全《かんぜん》に包《つつ》んでしまった。

「ちょっと、何《なに》するの⁉」

健太《けんた》はあわててアルミホイルを外《はず》そうとしたが、真実《しんじつ》がその手《て》を止《と》めた。

「静《しず》かに！」

「えっ？」

見《み》ると、数機《すうき》のドローンが飛《と》んできた。

ブウゥウーン　ブウゥウーン

真実《しんじつ》たちを捜《さが》しているようだ。

ドローンは真実《しんじつ》たちの真上《まうえ》までやってきた。

健太《けんた》はそれを見《み》ながら、ごくりとつばをのみこむ。

しかし、ドローンはそのまま旋回《せんかい》すると、違《ちが》う場所《ばしょ》へと飛《と》んでいった。

「よかった。見《み》つからなかったみたいだね」

「そうじゃない。ドローンは、ぼくたちを見《み》つけることができなくなったんだ」

「ええ⁇」

すると、アルミホイルの中《なか》からナナミの声《こえ》がした。

「スーパーゼウスとの通信《つうしん》を、遮断《しゃだん》したのですネ」

「どういうこと？」

「アルミホイルは金属《きんぞく》だ。金属《きんぞく》には、電波《でんぱ》を遮断《しゃだん》する効果《こうか》があるんだ」

「それによって、スーパーゼウスはワタシの位置《いち》を検知《けんち》できなくなりましタ」

「じゃあ、もう安全《あんぜん》ってこと？」

「ハイ。ただ、こちらからもネットワークにつなげなくなってしまうので、手《て》に入《い》れられる情報《じょうほう》も制限《せいげん》されまス。ちなみに、ワタシは今《いま》までどおり音声《おんせい》で会話《かいわ》ができまス」

ホスト コンピューター

高度《こうど》な能力《のうりょく》を持《も》つ、大型《おおがた》のコンピューター。たくさんのタブレットから送《おく》られてくる複雑《ふくざつ》な仕事《しごと》を処理《しょり》して送《おく》りかえす。

アルミホイル
アルミニウムという金属《きんぞく》を紙状《かみじょう》に薄《うす》く延《の》ばしたもの。

ネットワーク
網状《あみじょう》のつながりのこと。ここでは、コンピューターネットワークのことを指《さ》す。複数《ふくすう》のコンピューターを接続《せつぞく》して、互《たが》いに情報《じょうほう》をやりとりできるようにした状態《じょうたい》、しくみのこと。

「よかった！　ナナミちゃんと一緒《いっしょ》にいてもだいじょうぶなんだ！」

健太《けんた》は、笑顔《えがお》でタブレットを抱《だ》きしめた。

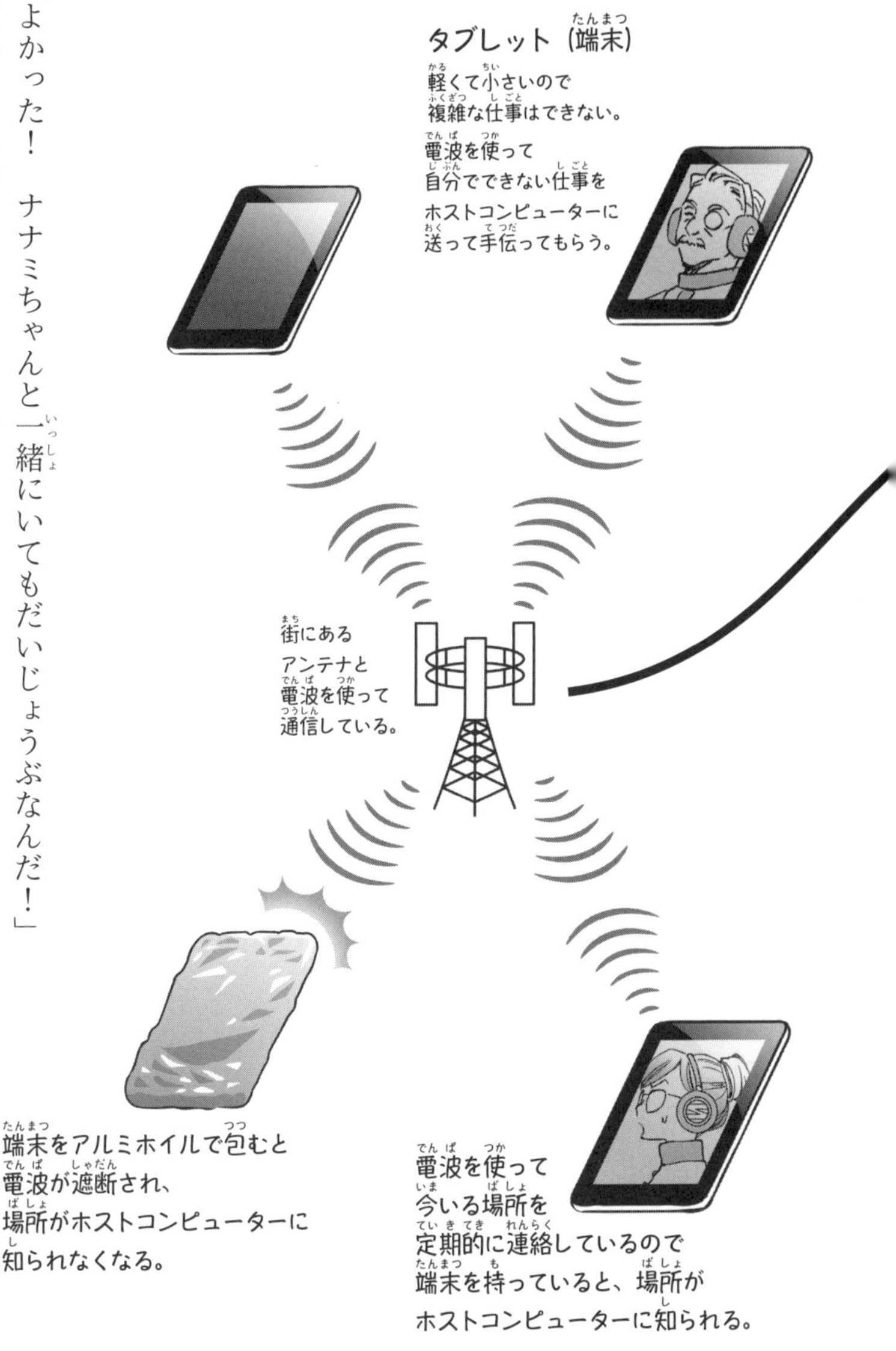

「健太《けんた》サン……」

ナナミがアルミホイルの中《なか》からつぶやく。

「真実《しんじつ》くん、とりあえず家《いえ》に戻《もど》ろうよ」

「いや、それより行《い》くべき場所《ばしょ》がある」

「えっ？　どこに行《い》くの？」

「それは――」

真実《しんじつ》がそこまで言《い》ったとき、道路《どうろ》のほうから声《こえ》がした。

「おい、あそこにいたぞ！」

道路《どうろ》に、タブレットを持《も》った人《ひと》たちが立《た》っていた。

「オレの言《い》ったとおりだったただろ？　指名手配《しめいてはい》の男《おとこ》の子《こ》が店《みせ》にいたって！」

「指名手配《しめいてはい》？　真実《しんじつ》くんはお店《みせ》に入《はい》ってないのに!?」

「どうやら、スーパーゼウスは、謎野《なぞの》サンだけでなく、健太《けんた》サンも指名手配《しめいてはい》にしたようですネ」

「そんな！」

「謎野《なぞの》って子《こ》もいるぞ！」

「ふたり合《あ》わせて懸賞金《けんしょうきん》１１０万円《まんえん》よ！」

人々《ひとびと》がいっせいに真実《しんじつ》たちのほうへ走《はし》ってきた。

「健太《けんた》サンの懸賞金《けんしょうきん》は、10万円《まんえん》のようですネ」

「真実《しんじつ》くんの10分《ぶん》の１!?って、そんなこと今《いま》はどうでもいいよ！」

「健太《けんた》くん、逃《に》げるぞ！」

ふたりはあわててその場《ば》から逃《に》げだした。

路地《ろじ》の角《かど》を曲《ま》がり、さらに曲《ま》がる。

しかし、その先《さき》は袋小路《ふくろこうじ》だった。

「くっ！」

「**隠《かく》れなきゃ！**」

健太《けんた》はまわりを見《み》るが、隠《かく》れられそうな場所《ばしょ》はない。

「捕《つか》まる確率《かくりつ》、99パーセントでス」

「ナナミちゃん、そんなこと言《い》ってる場合《ばあい》じゃないってば！」

真実《しんじつ》と健太《けんた》はどこか隠《かく》れる場所《ばしょ》がないか、必死《ひっし》にまわりを見《み》た。

すると、そばにある古《ふる》い木造《もくぞう》の一軒家《いっけんや》の門《もん》から、ひとりのおじいさんが顔《かお》を出《だ》した。

「きみたち、こっちじゃ！」

おじいさんは真実《しんじつ》たちを見《み》て手招《てまね》きする。

「そっちの角《かど》を曲《ま》がったぞ！」

「捕《つか》まえろ！」

道路《どうろ》の向《む》こうから、追《お》ってくる人《ひと》たちの声《こえ》がする。

真実《しんじつ》と健太《けんた》は顔《かお》を見合《みあ》わせ、うなずき合《あ》うと、次《つぎ》の瞬間《しゅんかん》、おじいさんの家《いえ》へと駆《か》け込《こ》んだ。

「どこに行《い》ったんだ？」

「映像《えいぞう》には、こっちに来《き》たように映《うつ》ってたのに……」

袋小路《ふくろこうじ》では、タブレットを持《も》った人《ひと》たちがウロウロしていた。

健《けん》太《た》はそれをおじいさんの家《いえ》の居間《いま》の窓《まど》から、隠《かく》れるように見《み》ていた。

やがて、人々《ひとびと》は別《べつ》の場所《ばしょ》を探《さが》すことにしたのか、袋小路《ふくろこうじ》から去《さ》っていった。

「助《たす》かった〜」

健《けん》太《た》はホッとすると、室内《しつない》を見《み》た。

そこには、おじいさんと真実《しんじつ》がいる。

「おじいさん、助《たす》けてくれて、ありがとうございます！」

「いやいや、なんだか困《こま》ってそうだったからね」

健《けん》太《た》がお礼《れい》を言《い》うと、おじいさんはやさしい笑《え》みを見《み》せた。

「真実《しんじつ》くん、健《けん》太《た》くん、今《いま》、お茶《ちゃ》を持《も》ってくるから、座《すわ》って待《ま》ってなさい」

おじいさんは、ほほえみながら居間《いま》から出《で》ていった。

「よかったね、いいおじいさんで」

部屋《へや》には畳《たたみ》が敷《し》かれていて、ちゃぶ台《だい》と座布団《ざぶとん》がある。

となりの部屋《へや》とはふすまで仕切《しき》られていて、わずかに開《ひら》いたふすまのすきまからは、仏壇《ぶつだん》が見《み》えている。

仏壇《ぶつだん》には、おばあさんの写真《しゃしん》が飾《かざ》られていた。おじいさんはひとり暮《ぐ》らしのようだ。

健太《けんた》はホッとして、敷《し》かれた座布団《ざぶとん》に座《すわ》ろうとした。

だが、真実《しんじつ》はなぜか立《た》ったままだ。

「どうしたの？」

健太《けんた》が聞《き》くと、真実《しんじつ》は声《こえ》をひそめて答《こた》える。

「あのおじいさんを信用《しんよう》するのは危険《きけん》だ」

「えっ!?　それって、ぼくたちを捕《つか》まえようとしてるってこと？　それはないと思《おも》うよ」

部屋《へや》には、テレビとラジオはあったが、パソコンやスマホなどのＩＴ《アイティー》機器《きき》はどこにも見《み》当《あ》たらなかった。

「ＡＩ《エーアイ》モデル特区《とっく》だからって、みんながみんな、ＡＩ《エーアイ》を使《つか》ってるわけじゃないと思《おも》うし」

「じゃあ、どうしてぼくたちの名前《なまえ》を知《し》ってたんだい？」

「あっ、そう言《い》われれば！」

ふたりはまだ名乗《なの》っていなかったのだ。

「あれっ？」

健太《けんた》は、ちゃぶ台《だい》の下《した》に何《なに》かが置《お》かれていることに気《き》づいた。

それは、スマホだった。

「どうしてこんなところに？」

まるであわてて隠《かく》したように見《み》える。

「まさか」

真実《しんじつ》は、何《なに》を思《おも》ったのか、仕切《しき》られていたふすまをそっと開《あ》けた。

すると、仏壇《ぶつだん》の横《よこ》には机《つくえ》があり、パソコンとプリンターが置《お》かれていた。

その横《よこ》には、タブレットもある。

「あのおじいさんも、ゼウスを使《つか》ってたの？」

健太《けんた》はおじいさんのタブレットを手《て》に取《と》り、電源《でんげん》を入《い》れてみた。

画面《がめん》に、人気《にんき》アイドルそっくりなゼウスが映《うつ》っている。

「彼《かれ》らを捕《つか》まえてくれたら、ワタシ、すごくうれしいワ」

アイドルそっくりなゼウスがニッコリ笑《わら》うと、その横《よこ》に、真実《しんじつ》と健太《けんた》の顔写真《かおじゃしん》と名前《なまえ》、懸賞金《けんしょうきん》が表示《ひょうじ》された。

「ここから逃《に》げたほうがよさそうだね」

おじいさんは真実《しんじつ》たちを油断《ゆだん》させ、捕《つか》まえようとしているのだろう。

「だけど、どこに行《い》くの？」

「正体《しょうたい》を突《つ》き止《と》めたいって前《まえ》に言《い》ったただろう。『クロノスタワー』に行《い》けばわかると思《おも》う。——スーパーゼウスを操《あやつ》っている人間《にんげん》を止《と》めなければいけない」

「操《あやつ》っている人間《にんげん》？」

健太《けんた》は首《くび》をかしげる。

真実《しんじつ》はそんな健太《けんた》を見《み》つめた。

「スーパーゼウスは、確《たし》かにぼくたちを捕《つか》まえようとしている。だけど、スーパーゼウスはあくまでＡＩ《エーアイ》だ。背後《はいご》には、そうするように命令《めいれい》した人物《じんぶつ》がいるはずだ」

「それって……」

「スーパーゼウスに命令《めいれい》できる人間《にんげん》は限《かぎ》られている」

「もしかして、社長《しゃちょう》の円城《えんじょう》さん？」

「その可能性《かのうせい》が高《たか》いかもしれない……」

「あの人《ひと》が……？　ナナミちゃん、そうなの？」

「ワタシは末端《まったん》のゼウスなので、まったくわかりませン」

「とにかく、ここから出《で》よう」

真実《しんじつ》はそう言《い》うと、部屋《へや》から飛《と》びだした。

「着《つ》いたようだね」

おじいさんの家《いえ》から逃《に》げだした真実《しんじつ》と健太《けんた》は、花森町《はなもりちょう》の町《まち》はずれにある全面《ぜんめん》ガラスばりの高《たか》いビルの前《まえ》までやってきた。

クロノスタワーだ。

「ここまできたら、やるしかないよね……」

さすがに正面《しょうめん》から入《はい》るのは危険《きけん》だ。健太《けんた》は隅《すみ》にある社員《しゃいん》が出入《でい》りする通用口《つうようぐち》のほうを見《み》た。

すると突然《とつぜん》、通用口《つうようぐち》のドアが開《ひら》いた。

「誰《だれ》もそばにいないのにどうして？」

「どうやら、入《はい》ってこいって言《い》っているようだね」

真実《しんじつ》の言葉《ことば》に、健太《けんた》はごくりとつばをのみこむ。

ふたりは慎重《しんちょう》にまわりを確認《かくにん》しながら、中《なか》へ入《はい》っていった。

1階《かい》は、大理石《だいりせき》の床《ゆか》が広《ひろ》がる豪華《ごうか》なエントランスになっていた。

しかし妙《みょう》なことに、人《ひと》の姿《すがた》がまったくない。

受付《うけつけ》にも誰《だれ》も座《すわ》っていない。

「今日《きょう》はお休《やす》みなのかな？」

「いや、そうじゃないと思《おも》うよ」

そのとき、ジャジャーンという音《おと》とともに、エントランスの壁《かべ》に取《と》り付《つ》けられていた大《おお》きなモニターに映像《えいぞう》が映《うつ》しだされた。

モニターの向《む》こうにいるのは、円城信也《えんじょうしんや》だ。

だが、何《なに》かがおかしい。

円城《えんじょう》は椅子《いす》に座《すわ》っていたが、口《くち》をふさがれ、手足《てあし》をロープで縛《しば》られていた。

必死《ひっし》にもがくが、ぜんぜん動《うご》けないようだ。

「どういうこと？」

健太《けんた》が驚《おどろ》いていると、円城《えんじょう》の前《まえ》に誰《だれ》かが立《た》った。


「はーい、パイセンたち〜、元気《げんき》にしてるかにゅ？」

それは、レイアだった。

「レイアちゃん、どうしてそこにいるの？」

「あ〜、パイセンたちには言《い》ってなかったね。アタシのパパは、この人《ひと》なんだにゅ」

レイアはうしろで必死《ひっし》にもがいている円城《えんじょう》のほうを見《み》た。

「円城《えんじょう》さんが、レイアちゃんのお父《とう》さん？」

「そして、アタシが、——スーパーゼウスの開発者《かいはつしゃ》なんだにゅ」

レイアは正面《しょうめん》をじっと見《み》つめると、不敵《ふてき》な笑《え》みを浮《う》かべた。

「ということはつまり、きみがスーパーゼウスを操《あやつ》ってぼくたちを捕《つか》まえようとしたということか」

レイアは真実《しんじつ》の言葉《ことば》に、「にゅ」と笑《わら》ってうなずく。

「そんな……」

信《しん》じられないような真相《しんそう》に、健太《けんた》は驚《おどろ》きを隠《かく》せなかった。

「真実《しんじつ》パイセンなら、ああやってしかけたら、きっとここまでくると思《おも》ってたにゅよ。ぜ〜

んぶ、アタシの手《て》のひらの上《うえ》なんだにゅ」

「スーパーゼウスを止《と》めるんだ」

真実《しんじつ》は真剣《しんけん》な表情《ひょうじょう》でレイアを見《み》つめ、声《こえ》をあげた。

「真実《しんじつ》パイセン、何言《なにい》ってるの。本番《ほんばん》はこれからだにゅ。このクロノスタワーにしかけたトラップを乗《の》り越《こ》えて、アタシとスーパーゼウスのもとへたどりつくことはできるかにゅ？」

「トラップって、わなのことだよね。レイアちゃん、いったい何《なに》を考《かんが》えてるの！」

「ふっふっふ。健太《けんた》パイセンにはムリだと思《おも》うけどねえ。——真実《しんじつ》パイセン、実力《じつりょく》を見《み》せてもらうにゅ。ここまで無事《ぶじ》にたどりつけたら、アタシの真《しん》の目的《もくてき》を教《おし》えてあげてもいいにゅよ。アタシはスーパーゼウスがある最上階《さいじょうかい》にいるにゅよ。さあ、アタシと勝負《しょうぶ》をするにゅ！」

レイアの笑《わら》い声《ごえ》が響《ひび》く。そして、映像《えいぞう》が消《き》えた。

「真実《しんじつ》くん、どうしよう……」

「レイアサンは天才《てんさい》でス。おそらく、超高難度《ちょうこうなんど》のトラップをしかけているでしょウ」

健太《けんた》は真実《しんじつ》のほうを見《み》た。

すると、真実《しんじつ》はなぜか笑《え》みを浮《う》かべていた。

「彼女《かのじょ》は『本番《ほんばん》はこれからだ』と言《い》ったよね。それは、ぼくも同《おな》じ気持《きも》ちだよ」

「真実《しんじつ》くん……」

「スーパーゼウスと、それをつくった天才小学生《てんさいしょうがくせい》か。おもしろいね。すべてのナゾはぼくに解《と》かれる運命《うんめい》にある」

真実《しんじつ》は歩《ある》きはじめる。

「ああ、ちょっと！」

健太《けんた》はあせるが、真実《しんじつ》の自信《じしん》に満《み》ちた表情《ひょうじょう》を見《み》て、次第《しだい》に落《お》ち着《つ》きを取《と》り戻《もど》した。

真実《しんじつ》は今《いま》までどんな困難《こんなん》でも乗《の》り越《こ》えてきた。

今回《こんかい》だってきっと――。

「よーし。真実《しんじつ》くん、ぼくも力《ちから》になるよッ！」

健太《けんた》は大《おお》きな声《こえ》でそう言《い》うと、「行《い》こう、ナナミちゃん！」とタブレットに向《む》かってほほえみ、真実《しんじつ》のあとを追《お》うのだった。

（後《こう》編《へん》へつづく）

4

SCIENCE TRICK DATA FILE

科学《かがく》トリック データファイル

GPS《ジーピーエス》のしくみって？

GPS《ジーピーエス》は、グローバル・ポジショニング・システム（Global Positioning System）の略《りゃく》で、「全地球測位《ぜんちきゅうそくい》システム」という意味《いみ》です。もともとは、ミサイルを正確《せいかく》な場所《ばしょ》に導《みちび》くなどの目的《もくてき》で、アメリカが軍事用《ぐんじよう》に開発《かいはつ》したものです。地球《ちきゅう》のまわりを回《まわ》るGPS《ジーピーエス》衛星《えいせい》からの電波《でんぱ》を利用《りよう》して、今《いま》いる位置《いち》を特定《とくてい》することができます。

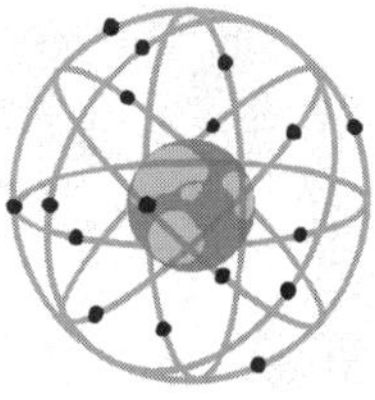

GPS衛星《ジーピーエスえいせい》

六《むっ》つの軌道《きどう》に4基《き》ずつ、合計《ごうけい》24基《き》（予備《よび》を入《い》れると約《やく》30基《き》）が地球《ちきゅう》を回《まわ》っていて、地球上《ちきゅうじょう》のどこにいても、三《みっ》つ以上《いじょう》の衛星《えいせい》の信号《しんごう》をキャッチできるようになっている。

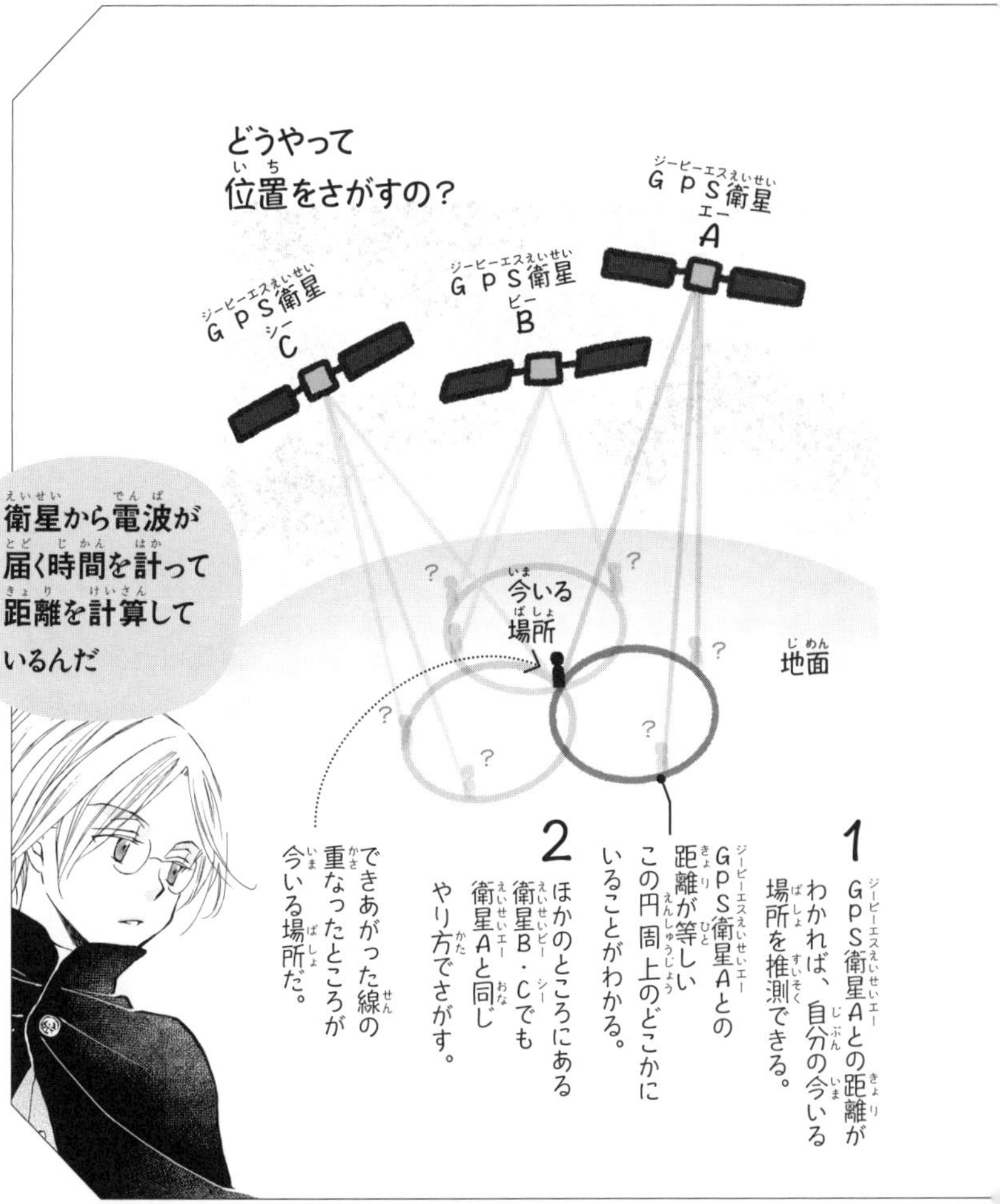
どうやって
位置《いち》をさがすの？
ＧＰＳ衛星《ジーピーエスえいせい》
Ａ《エー》
ＧＰＳ衛星《ジーピーエスえいせい》
Ｂ《ビー》
ＧＰＳ衛星《ジーピーエスえいせい》
Ｃ《シー》
衛星《えいせい》から電波《でんぱ》が届《とど》く時間《じかん》を計《はか》って距離《きょり》を計算《けいさん》しているんだ
今《いま》いる場所《ばしょ》
地面《じめん》
1 ＧＰＳ衛星Ａ《ジーピーエスえいせいエー》との距離《きょり》がわかれば、自分《じぶん》の今《いま》いる場所《ばしょ》を推測《すいそく》できる。
ＧＰＳ衛星Ａ《ジーピーエスえいせいエー》との距離《きょり》が等《ひと》しいこの円周上《えんしゅうじょう》のどこかにいることがわかる。
2 ほかのところにある衛星Ｂ《えいせいビー》・Ｃ《シー》でも衛星Ａ《えいせいエー》と同《おな》じやり方《かた》でさがす。
できあがった線《せん》の重《かさ》なったところが今《いま》いる場所《ばしょ》だ。

その後《ご》の科学探偵《かがくたんてい》「真実《しんじつ》の正体《しょうたい》」

著者紹介

佐東みどり

脚本家・作家。アニメ「サザエさん」「ハローキティとあそぼう！まなぼう！」などを担当。小説に「恐怖コレクター」シリーズ、「謎新聞ミライタイムズ」シリーズ、「怪狩り」シリーズなどがある。

（執筆：プロローグ、４章）

石川北二

監督・脚本家。脚本家として、映画「かずら」（共同脚本）、映画「燐寸少女 マッチショウジョ」などを担当。監督としての代表作に、映画「ラブ★コン」などがある。

（執筆：２章）

木滝りま

脚本家・作家。脚本家として、ドラマ「念力家族」「ほんとにあった怖い話」、アニメ「スイートプリキュア♪」など。代表作に、『世にも奇妙な物語 ドラマノベライズ 恐怖のはじまり編』がある。

（執筆：マジメスギの初恋、３章）

田中智章

監督・脚本家。脚本家として、アニメ「ドラえもん」、映画「シャニダールの花」などを担当。監督としての代表作に、映画「放課後ノート」「花になる」などがある。

（執筆：１章）

挿画

木々（KIKI）

マンガ家・イラストレーター。代表作に、「バリエガーデン」シリーズ、「ラヴ ミー テンダー」シリーズなどがある。
公式サイト：http://www.kikihouse.com/

ブックデザイン
アートディレクション

辻中浩一
＋
吉田帆波
久保沙織
小池万友美
小山内毬絵（ウフ）

好評発売中《こうひょうはつばいちゅう》！

科学探偵《かがくたんてい》 謎野真実《なぞのしんじつ》シリーズ

科学探偵《かがくたんてい》 VS.《ブイエス》 暴走《ぼうそう》するAI《エーアイ》［後編《こうへん》］

最先端《さいせんたん》 AI《エーアイ》・スーパーゼウスの仕《し》掛《か》けるワナが

真実《しんじつ》と健太《けんた》に、次々《つぎつぎ》と襲《おそ》いかかる。

その裏《うら》で、ひそかな計画《けいかく》が進行《しんこう》していた。

ＡＩ《エーアイ》に支配《しはい》された人々《ひとびと》の運命《うんめい》は!?

最後《さいご》に勝《か》つのは、真実《しんじつ》の頭脳《ずのう》か？

それとも全知全能《ぜんちぜんのう》の AI《エーアイ》か？

監修　　　　栗原聡（慶應義塾大学理工学部教授）、金子丈夫（筑波大学附属中学校元副校長）
編集デスク　橋田真琴、福井洋平、大宮耕一
編集　　　　河西久実
校閲　　　　宅美公美子、志保井里奈、野口高峰（朝日新聞総合サービス）

本文図版　　楠美マユラ
コラム図版　佐藤まなか
本文写真　iStock、朝日新聞社
ブックデザイン／アートディレクション　辻中浩一＋吉田帆波、久保沙織、小池万友美、
小山内毬絵（ウフ）

おもな参考文献
『新編 新しい理科』3～6（東京書籍）／『AI兵器と未来社会　キラーロボットの正体』栗原聡著（朝日新書）／『人工知能と友だちになれる？　もし、隣の席の子がロボットだったら…マンガでわかるＡＩと生きる未来』新井紀子監修（誠文堂新光社）／『ニュートン式超図解　最強に面白い!!　人工知能 ディープラーニング編』松尾豊監修（ニュートンプレス）／『週刊かがくる 改訂版』1～50号（朝日新聞出版）／『週刊かがくるプラス 改訂版』1～50号（朝日新聞出版）／「ののちゃんのDO科学」朝日新聞社（https://www.asahi.com/shimbun/nie/tamate/）

科《か》学《がく》探偵《たんてい》 謎《なぞ》野《の》真実《しんじつ》シリーズ

科《か》学《がく》探偵《たんてい》 vs.《ブイエス》 暴走《ぼうそう》する AI《エーアイ》 ［前編《ぜんぺん》］

2020年 8月30日　第1刷発行
2023年 6月20日　第7刷発行

著　者　　作：佐東みどり　石川北二　木滝りま　田中智章　　絵：木々
発行者　　片桐圭子
発行所　　朝日新聞出版
〒104-8011
東京都中央区築地5-3-2
編集　生活・文化編集部
電話　03-5541-8833（編集）
03-5540-7793（販売）

印刷所・製本所　大日本印刷株式会社
ISBN978-4-02-331900-4
定価はカバーに表示してあります